월드 익스프레스

초록서재는 연노랑의 잎이 자라 초록의 나무가 되듯 청소년의 생각과 마음 성장을 돕는 책을 펴냅니다.

앙카 슈투름 글 · 전은경 옮김

월드
익스프레스
1

움직이는 기차 학교
1부

초록서재

프롤로그

동화가 쇠처럼 단단해지고 사방에 공장이 들어서던 시절, 작지만 지극히 비범한 한 남자아이가 아주아주 가난한 환경에서 살았다. 다행히 그 아이에게는 용기와 행동력과 특별한 능력이 있었다. 그는 최초로 철도를 만든 건설가가 됐고, 평생 행복하게 살았다.

어쨌든 역사책에는 그렇게 기록되어 있다.

하지만 이것은 반쪽짜리 사실이다. 비록 나중에 성공하긴 했지만, 처음에 그는 탁월한 재능이 있는데도 너무나 가난하여 그 재능을 발휘할 기회조차 얻지 못했다. 그리고 그게 어떤 느낌인지 결코 잊은 적이 없었다. 그래서 그는 잠재력을 잃어 버릴 위험에 처한 모든 아이를 위해 학교를 세우기로 결심했다.

그는 그 어떤 나라의 학교 규칙에도 친근함을 느끼지 못했다. 학창시절 내내 똑같은 도시만 봐야 한다는 건 아주 끔찍하다고 생각했다. 그래서 자기가 세우는 학교는 움직여야 하며 그 어디에도 뿌리를 내려서는 안 된다고 결정했다.

더 정확하게 말하자면 '어디에든 있는' 학교가 되기를 바랐다.

또한 학생들이 안전하고 자유롭게 지내기 위해서, 외부인은 이 학교에 대해 알지 못해야 했다.

정말이지 '엄청나게' 비범한 재능을 지닌 그가 아니었더라면 과연 누가 이런 학교를 지을 수 있었을까? 그에게는 용기와 행동력 말고도, 세상 전부를 합친 것만큼 커다란 또 한 가지 능력이 있었다. 그의 핏줄에는 마치 액체로 된 순금이 흐르듯이 마법이 흘렀던 것이다.

그래서 그는 차량 24칸이 달린 증기 기관차를 비밀리에 고안해 냈다. 그곳에 살게 될 학생들만큼이나 독특하고 유일무이한 마법 기차였다. 이 기차는 전 세계의 모든 대륙, 모든 나라를 돌아다닐 계획이었으므로 그는 기차에 이런 이름을 붙였다.

월드 익스프레스

차 례

월드 익스프레스 -
차량 순서

증기 기관차

월드 익스프레스가 만들어진 지
182년이 지난 지금 여기.

황량한 승강장

문제의 시작은 이름이었다. '플린 나이팅게일'은 여자 이름이 아니었다. '찰리'나 '퍽'처럼 남녀 공용인 이름이었다.

"너한테 다른 이름을 붙여 줄걸 그랬어. '이사벨'이나 '라우라'처럼 뭔가 평범한 이름으로 말이야."

엄마는 아이가 남다른 게 플린이라는 이름 탓이라는 듯이 자주 이렇게 불평했다.

하지만 플린은 이사벨이나 라우라가 되기 싫었다. 그래서 그럴 때면 이렇게 대답했다.

"이사벨이라는 이름의 아이들은 망아지랑 분홍색이라면 뭐든지 좋아할 것 같아요. 또 라우라라는 이름을 가진 아이들은 언제나 둘씩 짝을 지어야만 화장실에 가고요."

또래 여자아이들은 이 두 유형밖에 없는 듯했다. 고풍스러운 사전을 읽거나 부메랑을 날리는 아이는 분명히 이런 유형에 포함되지 않았다. 하지만 플린처럼 오지 시골의 낡고 외딴집에 산다면 다소곳하게 행동할 기회는 많지 않았다.

매일 아침 버스로 두 시간이나 걸리는 등교 시간도 플린에게 불리하게 작용했다. 학교 친구들은 여전히 자고 있는 이른 시간에 일어나야 했으므로 플린은 늘 다크서클을 달고 다녔고, 그래서 나이팅게일이라는 성을 두고 떠드는 멍청한 농담을 듣곤 했다.

여름방학이 끝난 지 겨우 3주밖에 안 되었는데, 학교에서 바보 같은 농담을 이미 열 번은 들었으므로 플린은 지금 상당히 짜증이 난 상태였다. 농담은 "나이팅게일, 네가 요란스럽게 다가오는 소리가 들리더라. 네 속마음이 다 보여."부터 "실망이야. 종달새가 아니라 나이팅게일이었네!"에 이르기까지 다양했다.

"하나는 '내 이름'에!"

플린은 이렇게 외치고서 집 뒤편 들판 너머로 부메랑을 노련하게 날렸다. 휘어진 나무토막은 윙윙 소리를 내며 날아가 울타리에 세워진 녹슨 양철 캔을 쓸어 버린 다음, 크게 곡선을 그리며 플린에게 다시 날아왔다. 플린은 슬쩍 뛰어올라서 부메랑을 잡았다.

늦은 오후였다. 태양이 낮게 드리워진 넓은 들판에 들리는 소리라고는 플린이 맞힌 캔이 바닥에 떨어지며 내는 소리뿐이었다.

"또 하나는 '비열한 독수리들'에게!"

플린은 눈을 질끈 감고 그 다음 양철 캔을 겨냥했다. '비열한 독수리들'이란 평범하지 않은 사람이 있으면 100미터 밖에서도 냄새를 맡는 모든 사람을 일컫는 플린의 용어였다. 누구보다도 학교 아이들이 여기에 해당했다.

플린은 거대한 시멘트 상자인 학교에서 늘 혼자였다. '프로일라인 슐레히트펠트 행복학교'에서 플린이 정말 행복했던 적은 단 한 번도 없었다. 플린은 여학생들이 한쪽 구석에 앉아, 멀리서도 다 들리게 자기 외모에 대해 떠들어 대는 소리에 익숙했다. 아이들은 어깨까지 오는 길이에 늘 약간 흐트러져 있는 플린의 구릿빛 머리카락을 흉봤다. 플린은 왜 매일 아침마다 머리를 빗어야 하는지 이해할 수 없었다. 플린의 연한 주근깨가 가득한 창백한 얼굴이나 피곤해 보이는 눈도 이야깃거리였다. 무표정하게 보이는 그 눈이 호박석처럼 반짝인다는 것은 아무도 깨닫지 못했다. (어쨌든 플린은 자기 눈동자가 진흙 바닥 같은 갈색이 아니라 노란 호박석 색깔이길 바랐다.)

"그러면 남자아이들과 친해지렴. 좀 적응해라!"

플린이 집에서 불평할 때마다 엄마는 늘 이렇게 말하곤 했다. 엄마는 남자아이들이 학교에서 여자아이들과는 절대 이야기하지 않는다는 사실을 알지 못했다. 게다가 플린과는 더더욱 하지 않는다는 것을.

"난 카멜레온이 아니야."

플린이 화가 나서 중얼거리며 또 다른 캔을 향해 부메랑을 날렸다. 부메랑에 맞은 양철 캔이 요란한 소리를 내며 밭에 떨어지자, 까마귀 몇 마리가 화들짝 놀라 날아올랐다.

플린은 적응에 서툴렀고 새침데기도, 말괄량이도 아니었다. 그 사이 어디쯤에 있었다. 지저분한 것은 싫어했지만, 여름이든 겨울이든 체크무늬 셔츠에 투박한 부츠를 신었다. 머릿속에 단어들이 잔뜩 저장되어 있으면서도 무성 영화 배우 같은 어설픈 재치밖에는 발휘하지 못했다.

자신이 남자아이라면 좋겠다고 생각하면서도, 소년이라는 오해를 받으면 죽을 만큼 창피해했다. 플린은 키가 크고 또래에 비해 **13**

말라서 이런 오해를 자주 받았다. 프로일라인 슐레히트펠트 행복학교의 7학년 여학생들은 모두 플린보다 뚱뚱했다.

'간판'.

예전에 욘테는 플린을 이렇게 불렀다.

하지만 이미 오래전의 일이었다. 오빠가 없으니 플린은 오지 어딘가에 숨어 있기가 아주 힘들었다.

욘테 오빠가 있었더라면 어땠을까 상상하는 일은 ―가족은 지금보다 부유하고 엄마는 더 행복하겠지― 절망스러웠지만, 플린의 일상에서 유일하게 조금 기쁜 순간이기도 했다.

"또 하나는 욘테 오빠에게!"

플린이 말했다. 오빠가 그리웠으니까. 욘테 오빠는 흐릿해진 양철 캔의 상표처럼 빛바랜 기억에 불과했으니까.

누군가의 목소리가 어떤 울림이었는지, 그 사람을 안을 때 느낌이 어땠는지 잊지 않으려고 애쓰는 사람에게 2년이란 너무나도 긴 세월이었다.

"야생 오리라도 맞히지 그러니?"

딸이 부메랑을 날리는 모습을 볼 때마다 엄마는 이렇게 말했다.

"그러면 값싼 만찬을 즐길 수 있을 텐데."

플린이 동물을 겨냥할 리가 없는데도! 플린은 '오리 스튜'라는 상표가 붙은 캔을 맞히는 걸 제일 좋아했다.

"팡!"

늘 그렇듯이 이번에도 맞혔다. 그것도 아주 깔끔하게 말이다.

플린은 습관처럼 집 쪽으로 몸을 돌렸다. 초라한 방 일곱 개에 나무 베란다가 있는, 괴물처럼 아주 크고 낡은 집이었다. 서부영화에나 나올 법한 이 집은 이곳 북부 독일엔 전혀 어울리지 않았다.

플린은 낮고 넓은 그 공간에서 자신이 복도를 오가는 생쥐처럼 작고 볼품없다고 느꼈다. 열린 뒷문으로 어린 두 남동생이 부엌 의자로 기어 올라가는 모습이 보였다. 엄마가 그 둘을 야단치는 모습도 눈에 들어왔다. 소파에 느긋하게 앉아 있는 또 다른 동생 얀닉도 보였는데, 아마도 무슨 선발 대회를 보는 모양이었다.

플린은 한숨을 내쉬었다. 플린의 부메랑 날리기 기술에 감동할 사람은 이제 아무도 없었다. 어떻게 그런 일이 가능하겠는가. 이곳은 바이덴보르스텔로부터 2킬로미터 떨어져 있고 그 사이에 있는 거라고는 무너져 가는 헛간 몇 개뿐인 낡은 집이었다. 욘테의 생각에 따르면 이곳은 지명만큼이나 황량했다.

바이덴보르스텔에는 연못 주변으로 막 지어져 회칠을 새로 한 주택 여섯 채가 있었다. 아침 식사 때 직접 만든 잼을 먹는 그곳 주민들은 시골에 사는 걸 좋아했다. 그곳에는 장미넝쿨이 우거지고 근처에 두루미가 살고 있으니 그럴 만했다. 하지만 거기서 들판을 네 개나 가로질러야 하는 이곳에 사는 주민은 기분이 안 좋은 다섯 명뿐이다. 플린과 엄마, 그리고 아버지가 다른 남동생 세 명이었다. 예전에 이곳의 여섯 번째 주민이었던 욘테 오빠에 관한 추억을 빼고 나면 이곳에는 아무것도, 정말 아무것도 없었다.

아버지는 한 번도 없었다. 욘테의 아버지도, 남동생 세 명의 아버지도, 플린의 아버지도 존재하지 않았다. 플린은 그들 중 누구도 세상의 끝인 이곳에 살려 하지 않았을 거라고 짐작했다.

이미 날이 어두워지고, 엄마가 어둠 속에서 "저녁 빵 먹어라!"라고 고함을 지르고 나서야 플린은 부메랑을 챙겼다. '저녁 빵'이라는 말은 말라붙은 두툼한 빵 조각을 떠오르게 했다. 플린은 엄마가 '저녁 빵'이라고 하지 말고 '저녁 식사'라고 하면 좋겠다고 생각했다.

베란다에 거의 다 왔을 때 아이디어가 하나 떠올랐다. 플린은 다시 돌아가 오리 스튜 상표가 붙은 마지막 양철 캔을 집어 올렸다. 손에 움켜쥔 양철 캔이 시원하게 느껴졌다. 플린은 기묘하게도 희망이 솟구쳤다.

늘 그렇듯 세 남동생은 상이 제대로 차려지기도 전에 이미 먹기 시작했다. 플린은 찌그러진 캔을 식탁 한가운데에 놓았다.

"이게 뭐지?"

엄마가 퉁명스럽게 물었다. 욘테 오빠가 사라진 뒤로 엄마는 아이들의 행동을 잘 참아 주지 않았다.

플린은 엄마의 모래빛 머리카락과 어깨에 걸친 거친 스웨터, 생기를 잃은 파란 눈동자를 한참이나 바라봤다. 눈동자가 조금 반짝인다면 아마 매력적으로 보일 수도 있을 텐데.

"오리를 맞혔어요."

플린이 대답했다. 농담을 해 봐야 소용없다는 걸 알고 있었지만 그래도 했다. 플린은 엄마 얼굴에 미소 또는 싱글거림, 어쨌든 어떤 반응이 나타나지 않을까 살폈다. 엄마도 언젠간 웃었을 게 아닌가!

엄마는 캔을 식탁에서 쓸어 버렸다.

"'단 한 번'이라도 이성적으로 행동할 수는 없니?"

"엄마가 비이성적이니까요."

플린이 나지막하게 대답했다. 그러고는 싱크대에 쌓여 있는 지저분한 그릇들과, 생명이 사라져 가는 엄마 얼굴처럼 페인트가 벗겨지고 있는 벽을 바라봤다.

"왜 진짜 오리가 아니야?"

얀닉이 애처로운 눈길로 캔을 내려다보며 물었다. 얀닉의 짧은 머리카락은 집 바깥의 밀밭처럼 밝은 색깔이었다. 플린은 얀닉이 엄마가 젊었을 때랑 똑같이 생겼을 거라고, 지금의 엄마보다 그저 조금 덜 지쳤을 뿐이라고 생각했다.

플린은 불현듯 얀닉이 가여워졌다. 아무 말도 하지 않았더라면 좋았을걸.

"죄 없는 동물을 죽이느니, 차라리 내 팔을 잘라 버릴 거야."

플린이 쌀쌀맞게 말했다. '게다가 오리를 잡아 오면 요리도 전부 내가 해야 할 테니.' 속으로 이렇게 덧붙였다.

얀닉이 푸하하 웃음을 터뜨리는 바람에 빵 부스러기가 식탁에 날렸다.

"누나는 아주 겁쟁이야!"

얀닉의 말에 플린도 대꾸했다.

"바보."

이런 행동이 부당하다는 걸 알고 있었지만, 플린이 동생에게 방금 느꼈던 연민은 순식간에 사라졌다. 얀닉은 남들이 한 말을 그대로 따라 하기만 했다. 플린은 이 집에서 뇌가 제대로 작동하는 사람은 욘테와 자기뿐이라고 생각하곤 했다. 오빠가 사라지고 2년이 지난 지금, 남은 사람은 플린 혼자였다.

두툼한 빵 조각을 하나 집어 들고 바깥으로 나갔다. 덥지도 춥지도 않은 가을 저녁이었다. 발밑에서 나무 계단이 요란하게 삐걱댔지만, 플린을 다시 불러들이는 사람은 없었다. 플린은 욘테가 흔적도 없이 사라진 뒤로, 엄마에게 자기는 그저 또 한 명의 실종 신고 대상자에 불과하다는 느낌을 받았다.

매일 저녁 그랬듯이 플린은 밀밭을 가로질러 낯익은 길로 갔다. 밤늦게 다시 돌아올 때 집으로 안내해 줄 흔적이라도 되는 것처럼 빵을 부스러뜨리며 걸었다. 등 뒤에서 까마귀들이 떼를 지어 빵 부스러기에 달려들었다. 플린은 까마귀를 그다지 좋아하지는 않았지만, 욘테 오빠가 남긴 공허함보다 더 크게 울리는 까마귀 울음소리는 즐겨 들었다.

욘테 오빠를 찾을 가능성이 하나라도 있다면 엄마는 분명히 다시 옛날 모습으로 돌아갈 터였다. 욘테 오빠를 찾을 수 있는 하나의, 단 하나의 힌트라도 있다면.

사실 하나 있기는 했다. 바로 역이었다!

세상을 방랑하는 여행객처럼 플린은 늘 그곳으로 갔다.

매일 저녁, 매일 밤.

마지막 남은 몇 미터를 달리고, 부서진 콘크리트 계단을 뛰어넘어 승강장에 도착했다. 바이덴보르스텔 역에는 승강장이 하나밖에 없었다. 2번 승강장이었다.

플린이 생각하기에는 이상한 일도 아니었다. 1번은 승자를 위한 숫자이고, 이곳에서 기차를 타게 될 플린의 가족 중에 아마도 승자는 없을 테니까.

바이덴보르스텔의 멋지게 회칠한 새 집에 사는 주민들은 이미 오래전에 이 역을 잊어버린 듯했다. 어차피 이곳에는 몇 년 전부터 기차가 다니지 않았다. 앞으로도 이곳에 기차가 정차할 일은 전혀 없을 터였다. 욘테가 사라진 후로 거의 매일 밤 여기 앉아 있는 플린은 그런 기차를 나쁘게 생각할 수 없었다. 단 하나뿐인 벤치는 녹이 슬었고, 노반은 덤불로 뒤덮였다. 역 시계는 이미 오래전에 멈췄다. 욘테가 집에 돌아오지 않은 그날, 1월 1일 아침에 일어난 일이었다.

12월 31일 밤은 오싹하게 추웠다. 욘테가 밤새 얼어붙은 이곳 벤치에 앉아 별을 바라봤다는 플린의 말을 믿는 사람은 아무도 없었다. 하지만 플린은 그 사실을 알고 있었다. 욘테는 해마다 그렇게 했으니까.

욘테는 그때 열세 살, 그러니까 지금의 플린과 같은 나이였지만 플린보다 몇 광년만큼은 더 용감했다. 더 용감했을 뿐 아니라 걱정도 없었고 더 자유로웠다. 역은 욘테가 꿈을 꾸던 장소였다.

그해 1월 1일까지는.

욘테가 사라지고 3주가 지난 뒤에야 그가 보낸 엽서 한 장이 도착했다. 욘테가 쓴 글씨를 뒤덮고 있는 수많은 우체국 소인으로 미루어 볼 때 그 엽서는 이미 오래전인 1월 2일에 보낸 것이었다. 엽서는 아주 먼 길을 돌아서 왔다. 플린은 엽서가 오슬로에서 코펜하겐을 거쳐왔다는 사실을 도저히 믿을 수 없었다. 그런 다음 엽서가 함부르크에서 집까지 배달되는 데에 거의 일주일이나 걸렸다. 우체국 사람들은 바이덴보르스텔 주변 들판에 사람이 살고 있으며 그곳에도 우편함이 있다는 걸 자주 잊어버렸다.

그날부터 플린은 밤마다 이 역에서 이리저리 돌아다니던 욘테의 습관을 넘겨받았다. 그러면서 무슨 일이 벌어진 건지 수천 가지 가설을 세워 봤다. 혹시 오빠가 납치당했나? 증인 보호 제도의 대상이 된 건가? 이제 플린은 욘테와 마찬가지로 그저 꿈을 꾸려고 이곳에 왔다. 풀이 더 푸르고 웃음소리가 더 크며, 기회도 더 많은 다른 어떤 곳에서의 삶에 관한 꿈이었다. 오빠가 어디로 갔는지 알기만 한다면 따라가고 싶었다. 가족은 플린을 절대 찾지 않을 터였다. 밤마다 이렇게 역에 앉아 있는데도 아무도 찾지 않으니까.

오래 기다리면
밤바람이 불어온다.
급행열차가 이제 곧 안전하게
너를 싣고 간다.

욘테가 엽서에 쓴 글이었다. 수수께끼인가? 만약 그렇다면 어디로 가는 기차일까? 플린은 한숨을 내쉬며 생각했다. 이건 그저 서툰 서정시일 뿐이야. 다른 뜻은 없어.

플린은 그 엽서를 전형적인 오빠의 글이라고 믿었지만 경찰은 이상하다고 판단했다. 경찰은 수사 목적으로 엽서를 실험실로 가지고 갔다. 하지만 플린을 제외하고는 그 누구도 엽서에서 뭔가 발견하지 못했다. 엽서 앞쪽의 짙은 청록색 기차를 왜 플린만 볼 수 있었던 걸까? 플린을 제외한 가족들 눈에는 우아하고 짙은 청록색 기차 대신, 고장 난 낡은 소형 궤도차만 보였다. 경찰도 욘테가 삐걱거리는 바퀴가 달린 널빤지를 타고 도망치진 않았으리라고 순순히 인정했다.

플린은 바지 주머니에서 엽서를 꺼냈다. 경찰이 아무런 수사 결과도 얻지 못한 채 엄마에게 엽서를 돌려보낸 뒤로 계속 플린이 가지고 다녔으므로, 엽서 모서리들이 모두 닳은 상태였다. 벌써 1년도 더 지난 일이었다. 다른 사람들은 못 보는 기차가 플린 눈에는 지금도 여전히 보였다. 얼마나 멋진 기차인가! 창문들이 긁힌 초라한 완행열차도, 살균이 된 듯 깨끗한 고속 열차도 아니었다. 플린이 지금까지 본 것 중에 가장 아름다운 기차였다. 아주 예스러운 증기 기관차가 달린 구식 기차였다. 차량의 크림색 지붕들이 햇빛에 빛나고, 완벽하게 니스 칠을 한 몸체에는 우아한 글씨가 쓰여 있었다. 하지만 플린은 그 글자를 해독할 수 없었다.

"까옥!"

플린은 소스라치게 놀랐다. 이번에도 시간 가는 줄 모르고 이곳에 몇 시간씩이나 앉아 있었다. 하늘이 이미 새까매졌다. 밤하늘에 반짝이는 덩어리처럼 보이는 까마귀들이 고개를 갸우뚱 기울이고 플린을 노려봤다. 플린은 한숨을 내쉬었다. 무너지는 콘크리트가 야생 덤불로 이어지는 승강장 끝부분에 남은 빵 부스러기를 재빨리 던졌다. 목쉰 소리를 내지르는 까마귀 떼가 날개를 펄럭이며 그쪽으로 날아갔다.

날갯죽지와 검은 부리들이 뒤엉켜 있다가 다시 흩어진 자리에, 동물 한 마리가 앉아 있었다. 까마귀가 아니라 크고 호리호리하고 하얀 동물이었다. 어딘지 모르게 또렷하지 않고 '흐릿'했다.

21

플린은 한순간 심장이 멈췄다. 충격이 전류처럼 흐르며 몸을 마비시켰다. 플린은 기묘한 그 동물을 좀 더 잘 보려고 몸을 숨겨 주던 철제 기둥 앞으로 뻣뻣한 사지를 뻗었다. 하지만 더 또렷하게 보이지 않았다. 동물은 여전히 흐릿했고, 누군가 물을 너무 많이 섞어 암청색 밤 한가운데에 그린 그림처럼 윤곽이 번져 있었다.

플린은 등골이 서늘해졌다. 마법이나 귀신, 유령의 존재는 믿지 않았지만, 이 동물은 사람들이 한밤중에 인적 없는 승강장에 앉아 있지 말아야 할 이유가 되는 존재임이 분명했다. 그냥 환각에 불과할까? 눈을 비비고 다시 봐도 그 생명체는 여전히 그곳에 있었다.

좋아, 흥분하지 말자.

동물은 움직이지 않았다. 꼼짝도 하지 않고 그 자리에 가만히 앉아 너른 밀밭을 바라보았다. 아마도 플린의 존재를 눈치채지 못한 듯했다. 플린이 어두운 색 체크무늬 셔츠를 입고 있었으니 그럴 확률이 높았다. 덥지도 춥지도 않은 이 밤에 플린의 체취를 그쪽으로 보낼 수 있는 바람도 불지 않았다.

그러다가 불현듯 뭔가 움직였다. 플린이 자기도 모르게 깜짝 놀라자, 동물이 흐릿한 머리를 돌려 플린을 똑바로 바라봤다.

플린은 미처 입을 다물지 못하고 새된 비명을 질렀다. 평소와는 어울리지 않는 높은 소리였다.

동물도 깜짝 놀랐다. 짧은 순간, 둘 중 누가 더 놀랐는지 알기 어려웠다. 그러다가 그 생명체가 몸을 일으키곤 플린을 향해 천천히 다가왔다. 갑자기 불어온 바람과 섞인, 또렷하지 않은 몸짓이었다.

'아, 안 돼.' 플린은 두려웠다. '안 돼, 안 돼, 안 돼!'

자리에서 벌떡 일어섰다. 도망치려고 했다. 달려야 해. 저 동물과 상대하고 싶지 않아. 욘테 오빠가 사라진 이유가 사실은 저 동물 때문이라면 어떻게 하지? 멍청한 소형 궤도차가 아니라 저것……
저게 뭐든지 간에 어쨌든 저것 때문이었다면?

'얼른 움직여!'

하지만 발은 말을 따르지 않았다. 플린의 발은 갑자기 무용지물이 되어 버렸고, 플린이 첫걸음을 떼자마자 엉켜 버렸다.

사냥할 때처럼 고개를 슬쩍 숙인 채 동물이 가까이 다가왔다.

플린 머릿속에서 망치 소리가 울렸다.

'이제 끝났어. 끝장이야, 끝장.'

귀에서 쏴쏴 소리가 들리고 멀리서 삐익 소리도 들려왔다. 차가운 바람이 얼굴을 스쳤다.

밤바람이 불어온다…….

욘테가 쓴 글이었다.

안개에 싸인 동물이 걸음을 멈췄다. 플린에게서 눈길을 돌리지 않은 채, 멀리서 들리는 소리에 귀를 기울이는 것 같았다. 그때 갑자기 휘파람 같은 높은 소리가 승강장 전체를 울렸다.

플린은 화들짝 놀라며 양손으로 귀를 막았다. 이게 도대체 무슨 일이지? 엄마가 얼른 몸을 일으키지 못하는 바람에 조리대에서 제때 못 내려온 낡은 주전자가 삑삑거리는 소리처럼 들렸다. 하지만 그 주전자 소리보다 훨씬 더 요란하게, 천 배는 더 크게 울렸다.

동물은 이제 선로로 다시 몸을 돌렸다. 플린이 미처 도망칠 기회를 써 보기도 전에 발밑의 땅이 심하게 흔들리더니, 무겁고 거대한 뭔가가 역으로 달려 들어왔다. 흔들리는 불빛이 스쳐 지나가고, 송풍관 바람처럼 강력한 돌풍이 플린을 쓰러뜨렸다.

그러다가 바람이 잦아들고, 뭔가 끼익하는 날카로운 소리가 삑삑 소리를 집어삼켰다. 금속이 금속을 스치는 소리였다. 동물이 불쑥 멈춰 섰다. 숨을 헐떡이듯 새된 소리를 내며 김이 솟아올랐다. 역은 순식간에 진하고 자욱한 연기에 휩싸였다. 플린은 벤치 옆 승강장에 엎드려 기침을 하며 숨을 쉬려고 애썼다. 그러다가 불현듯 사방이 조용해졌다. 소음이 막 지나간 후의 갑작스러운 정적은 유령처럼 느껴졌다.

플린은 기다리다가 최대한 재빠르게 몸을 일으켰다. 아픈 팔꿈치를 문지르며 고개를 들었더니…… 기차가 눈에 들어왔다. 놀란 플린의 얼굴이 차창에 비쳐 자기 자신을 노려보고 있었다. 어둡게 반짝이는 수많은 유리창이 앞쪽에 있었다. 높고 날렵한 기차는 차량마다 유리창이 여덟 개였다. 몸체는 청록색이고 납작한 지붕은 크림색이었다.

플린은 눈이 부셨다. 눈을 한 번 질끈 감았다가 다시 떴다.

그랬다, 의심할 여지가 없었다.

연기 때문에 눈꺼풀 아래가 쓰라렸다. 이건 분명히 기차였다.

기차.

……오래 기다리면…….

플린은 이 상황이 마치 유리처럼 깨지기 쉽다는 듯이 아주 천천히 움직여 엽서를 내려다봤다. 너무 흥분해서 두툼한 엽서를 구길 뻔했다. 이건 욘테 오빠의 기차야. 확실해. 나만 볼 수 있던 그 기차야. 플린은 고개를 들고 떨리는 마음으로 숨을 들이마셨다. 정말 '똑같아' 보였다! 차량들 사이의 구식 목제 승강단도 똑같고, 외등 장식도 동일했다. 니스 칠 위에 쓰인 금빛 글자도 이제는 읽을 수 있었다. 'WE'라는 글자와 활짝 펼친 공작 꼬리를 단순하게 표현한 로고였는데, 둘 다 사각형 안에 들어 있었다.

플린의 심장이 공중제비를 넘었다. 지금까지 본 것 중에 가장 아름다운 기차였다.

그러나 마지막 연기가 미처 사라지기도 전에 기차 앞쪽 어딘가에서 문이 닫히는 소리가 들렸다. 밤하늘에 울려 퍼지는 그 소리에 플린은 충격에서 깨어났다.

'안 돼. 아, 안 돼!'

너무 오래 멈췄던 심장이 이제는 다급하게 나뒹굴 참이었다.

흐릿한 동물은 이제 더는 승강장에 보이지 않았다.

혹시 기차에 탄 건가? 기차가 그 동물을 데리러 여기 온 걸까?

그럼 나는?

이런 수수께끼 같은 일에 두렵다고 그냥 이대로 있어야 하나? 밀밭 너머에서 무슨 일이 일어날지 몰라 두려워서 여기에 머물러야 하나? 난 정말 그러길 원하나? 여기 이대로 있기를?

플린은 주먹을 꽉 쥐었다. 플린에게 이 기차는 어쩌면 단 한 번의 기회일 수도 있었다. 몸 전체에 전율이 일었다. 플린은 욘테를 떠올렸다. 어딘가에 있을 크고 넓은 세상을, 이곳에는 없는 그 세상을 생각했다. 정말 중요한 온갖 것들을 생각했다……. 플린은 자기도 모르게 뛰기 시작했고, 마지막 승강단 난간을 잡고 제일 아래 계단에 뛰어올랐다. 기차가 승강장을 떠나기 직전에 겨우 오른 것이다.

차가운 철제 난간을 움켜쥐고 숨을 헉헉 내쉬었다. 텅 빈 승강장을 마지막으로 돌아봤다. 몇 년 만에 역 시계가 처음으로 움직였다. 이제 2시 22분이었다.

기차가 왼쪽으로 돌자 시계는 더 이상 보이지 않았다.

이제 돌이킬 수 없었다.

……급행열차가 이제 곧 안전하게
너를 싣고 간다.

플린은 기차의 내부와 연결되는 철문 방향으로 몸을 돌렸다. 철문 위쪽 절반에는 작은 사각형 유리창이 있었다. 푸르스름한 어둠이 그 안에서 입을 쩍 벌리고 플린을 마주 봤다.

"두려움 없이 용감하게!"

플린은 이렇게 중얼거리면서 심호흡을 했다. 그러고는 조금 주저하며 문을 열고 들어섰다.

마담 플로레트

기차에 들어서자마자 등 뒤에서 문이 닫혔다. 플린은 마치 자신의 과거 전체와 차단된 듯한 기분이 들었다.

이곳은 길고 어두운 통로였다. 울부짖던 바람 소리가 잠잠해졌다. 들리는 거라고는 선로를 달리는 바퀴의 끝없는 덜컹거림과 멀리서 울리는 쏴쏴 소리뿐이었다. 갑작스러운 적막 속에서 플린은 낯선 느낌과 안락함을 동시에 느꼈다. 왠지 모르게 '아늑'한 분위기였다. 이 단어 역시 오래된 사전에서 본 거였는데, 이제 그 의미를 제대로 알게 됐다.

플린은 눈이 흐릿한 빛에 익숙해질 때까지 잠시 기다렸다. 이윽고 주변 풍경이 눈에 들어오기 시작했다. 통로 한쪽에 드리워진 블라인드와 다른 쪽에 늘어선 닫힌 문들 말고는 보이는 게 없었다. 바닥에는 양탄자가 깔려 있었다. 벽은 무늬목 널빤지 같았다. 통로는 텅 빈 상태였다. 목소리도, 사람이 내는 소음도 들리지 않았다.

"계세요?"

플린은 조심스럽게 입을 열었다가 옆에서 나지막하게 푸드덕 소리가 나는 바람에 소스라치게 놀랐다. 하지만 여전히 플린은 혼자였고, 발밑에서 들리는 바퀴의 덜컹거림 빼고는 다시 사방이 고요해졌다.

'여기가 어디지? 침대차인가?'

플린은 기차에 대해 아는 게 없었고, 게다가 이런 호화로운 기차는 더더욱 몰랐다. 플린과 가족들은 주변 지역의 기차 여행조차 해본 적 없었다. 어쨌든 승무원에게 발각되기 전에 일단 차표부터 사야 한다는 건 확실했다. 바지 주머니를 뒤져 보니 10유로짜리 지폐가 있었다. 이 돈이면 최소한 몇 정거장은 갈 수 있을 터였다.

플린은 덜컹거리는 기차 바퀴 소리의 응원을 받으며 통로를 따라 걸을 용기를 냈다. 손가락 끝으로 니스 칠한 나무문과 그 사이의 무늬목을 조심스럽게 쓰다듬으면서 걸었다. 익숙하고 따뜻한 기분이 들었다. 플린은 아무도 만나지 못한 채 차량 끝까지 갔다.

"두려움 없이 용감하게!"

다시 한번 중얼거리며, 역시 사각형 유리창이 나 있는 다음 번 철문에 몸을 기댔다. 그런 다음 바깥으로 나가, 각각의 차량 처음과 끝에 달려 있는 자그마한 외부 승강단에 발을 올렸다.

기관차 증기에 젖은 축축하고 흐릿한 찬바람이 몰려왔다. 플린은 한기를 느껴 양팔로 상체를 감싸고, 이 승강단과 다음 차량의 승강단 사이에 놓인 연결 발판에 발을 내딛었다. 난간이 달린 금속판에 불과한 그 연결 발판은 플린을 비난하듯이 삐걱대고 달그락거렸다. 이렇게 호화로운 기차에서 기대한 것과는 다른 모습이었다. 하지만 달리 생각하면, 플린은 이 기차가 존재한다는 것조차 기대하지 않았었다. 욘테 오빠의 기차. 오빠가 보낸 엽서에 있던 기차.

플린은 두려움에 떨며 다음 차량의 무거운 철문을 몸으로 밀고 들어섰다. 아무도 만나지 못한 채 이 차량도 통과했다.

기차는 끝이 없는 듯했다. 어둡고 좁은 통로가 있는 차량, 바람이 몰아치는 낡은 연결 발판들이 계속 나타났다. 사람의 흔적은 그 어디에도 없었다!

끝이 없어 보이는 이런 통로들 중에서 여섯 번째 통로를 지나고 있을 때, 플린은 마른하늘에서 갑자기 날벼락이 치듯 누군가와 부딪혔다. 덩치가 좀 큰 사람 같았다.

"아야!"

거친 목소리가 울렸다.

"이런 빌어먹을 공작, 좀 조심해! 조명이 꺼지면 각자 자기 객실에 들어가 있으라고 다니엘이 말했잖아."

"죄송해요."

플린은 재빨리 대답하고서, 수상하게 보이지 않아야 한다는 생각에 이렇게 덧붙였다.

"승무원을 찾는 중이에요."

그러자 상대방이 조용해졌다. 플린은 그가 어둠 속에서 자신을 뚫어지게 노려본다는 걸 알아챘다. 거친 목소리가 다시 말했다.

"마담 플로레트 말이구나."

그 목소리는 질문 같기도 하고, 플린이 이제 어려움에 처했다는 것처럼 들리기도 했다.

"으음……. 모르겠어요. 아마 그럴 거예요. 혹시 그분이 차표를 파나요?"

플린은 대답하면서 어둠 속에서 그 남자를 ─목소리로 판단할 때 남자인 건 분명한 듯했다─ 보려고 했지만, 짐작이 가는 거라고는 그가 꽤 덩치가 큰 사람이라는 사실뿐이었다. 플린은 침을 꿀꺽 삼켰다.

'이 사람은 상당히 크고 힘이 센 것 같아.'

"잠깐만……. 너 지금 '방금' 탔니?"

"예."

플린이 대답했다. 이 남자가 왜 이렇게 놀란 목소리로 묻는 건지 이해할 수 없었다.

"그래서 지금 차표를 '사겠다'고?"

남자의 목소리는 점점 더 당혹스럽게 들렸다.

"흐음, 그럼요. 무임승차는 별로 안 좋잖아요. 안 그래요?"

플린도 당황해서 되물었다.

남자는 한참이나 입을 다물고 있었다. 플린이 생각 없이 내뱉은 대답을 후회하고 있을 때, 상대방이 드디어 입을 열었다.

"아, 미치겠다!"

바로 다음 순간, 밝은 빛이 플린을 비추었다. 플린은 너무 강렬하게 번쩍거리는 그 빛을 피해 뒤로 물러섰다. 그러고는 깜짝 놀라 눈을 감았다.

"이봐요!"

"아, 미안."

남자가 손전등을 내리자, 플린은 상대방이 목소리에 비해 나이가 그다지 많지 않다는 걸 알게 됐다. 열다섯 살 정도, 그보다 많지 않을 것 같았다.

손전등 불빛이 남자아이의 각진 얼굴에 흔들흔들 그림자를 드리웠다. 눈동자가 번쩍였다. 소년은 저승세계를 지키는 문지기처럼 플린 앞에 버티고 서 있었다. 상대방과 비교하니 플린은 자신이 갑자기 아주아주 어리고 아주아주 잘못된 장소에 있는 듯한 기분이 들었다.

남자아이는 특징이라고는 전혀 없는 플린의 외모를 흘낏 보았다. 플린은 상대방이 자기를 혹시 남자라고 생각하는 게 아닌지 불안해졌다. 자기에 비해 아주 왜소한 남자아이라고.

"확인해 볼 겸 다시 한번 물어보자. 그러니까 차표를 사려고 한다는 거지? 아직 차표가 없다고?"

"응, 없어. 그리고 나는 여자아이야."

플린 입에서 이런 말이 툭 튀어나왔다.

"당연하지. 아니면 뭐겠어?"

남자아이는 그 사실에 전혀 놀라지 않은 듯이, 깊고 차분한 목소리로 말했다.

"그러니까…… 나를 남자아이라고 생각하지 않았다고?"

그 말에 소년이 눈썹을 치켜세웠다. 그 틈에 플린은 상대방의 짙은 색 눈동자를 얼핏 살필 수 있었다. 그 눈동자는 비웃듯이 반짝이고 있었다.

"너 진짜 재미있는 아이구나. 거울 본 적 있니? 네 눈은……."

소년이 갑자기 말을 멈췄다. 생전 처음 보는, 그것도 무임승차한 여자아이에게 하마터면 칭찬을 할 뻔했다는 사실을 방금 깨달은 모양이었다.

플린은 자기 눈이 어떤지 묻고 싶었지만 꾹 참았다. 어차피 칭찬을 바라는 성격도 아니었다. 한 번도 들어 본 적이 없다는 이유만으로도 칭찬은 낯설었다.

방금 전에 들은 것만 빼면.

음, 그러니까 거의 들을 뻔한 칭찬.

"흐음, 문제가 생긴 것 같다."

남자아이의 말에 플린이 물었다.

"왜?"

소년이 우울한 웃음을 터뜨렸다.

"넌 무임승차했으니까. 그건 금지된 일이야."

플린은 소스라치게 놀랐다. 기차의 반짝이는 마호가니 벽들이 갑자기 위험하게 느껴지고, 기차가 덜컹거리는 소리도 적대적으로 들렸다.

이제 기차에서 쫓겨나는 걸까? 한밤중에, 어딘지도 모르는 곳에서? 플린은 그런 사건들에 대해 이미 들어 본 적이 있다. 이제 어떻게 하지?

"하지만 바이덴보르스텔엔 승차권 자동발매기가 없어. 도대체 어디서 차표를 살 수 있었겠어?"

남자아이는 한동안 입을 다물고 있었다.

"너, 여기가 어딘지 전혀 모르는구나. 그렇지?"

그는 약간 기분이 좋거나 재미있다는 표정이었지만 플린은 이 상황이 즐겁지도, 인상적이지도 않았다.

"그냥 조금만 타고 가면 안 될까?"

플린이 초조하게 물었다.

"안 돼. 조금만이라고?"

"되도록 멀리 말이야."

플린이 설명했다.

"안 돼. 그랬다간 마담 플로레트가 내 머리통을 잘라 버릴 거야."

"부탁이야."

두려워진 플린이 나지막하게 말했다.

"내가 다른 데로 떠나야 하는······ '이유'가 있어. 찾아야 할 사람이 있거든."

플린은 자기 몸에 마치 제2의 살갗처럼 달라붙은 엄마의 슬픔, 그리고 넓은 세상 어딘가 먼 곳에 있는 욘테 오빠를 떠올리고는 너무 모호하게 설명했음을 깨달았다. 하지만 소년은 플린의 목덜미를 잡아 바깥으로 내던지지 않고, 그저 가만히 입을 다물고 있었다. 한참이나 조용했다. 플린은 심장이 너무 세차게 뛰어서 그 소리가 기차 전체에 메아리칠까 봐 겁이 날 지경이었다.

남자아이는 뭔가 양심에 어긋나는 일을 한다는 듯이 힘겨운 목소리로 말했다.

"알았어. 하지만 조용히 해야 해. 따라와!"

아이가 손전등으로 자기 뒤쪽을 비추었다.

플린은 뭔가 물어볼 엄두가 나지 않았고 게다가 마음도 놓이지 않았다. 지금 날 어디로 데려가는 거지?

어두운 통로들이 늘어선 칸을 몇 개나 지나, 달빛이 비치는 길쭉한 차량에 도착했다. 차량 전체가 하나의 넓은 공간이었다.

그곳엔 블라인드가 드리워져 있지 않았다. 소파와 등받이 없는 의자, 음료수 캔들이 사방에 흩어져 있었다. 손전등 불빛은 1미터 앞쪽까지만 비췄고, 벽에 붙은 작은 전등들은 비상등 정도의 역할밖에 하지 않았으므로 플린은 몇 번이나 책 무더기에 발이 걸렸다.

"여기서부터 모든 차량이 밤에는 출입 금지야. 그리고 불빛이 없으면 주사위 놀이도 하지 못하고."

남자아이가 말했다.

"뭘 하지 못한다고?"

플린은 밤에는 출입 금지인 공간이 어떤 곳인지 몰랐지만, 어쨌든 낮 동안은 이곳이 무척 붐빌 거라고 짐작했다.

"여기, 그러니까 으음…… '평범한' 좌석은 없어?"

소년이 웃음을 터뜨렸다. 친근하면서도 거칠게 울리는 웃음이었다. 둥근 포석이 가득 깔린 도로가 달빛에 빛나는 것 같았다.

"너 좀 재밌는 아이구나. 그런 좌석이 왜 필요해?"

플린은 자기 질문이 왜 우스운지 이해할 수 없었다. 여행하는 동안 어디에 앉아야 하는지 궁금했을 뿐인데. 물론 왠지 모르게 불길한 마담 플로레트라는 사람이 차표를 판다는 전제가 충족된다면 말이지. 기차 전체가 오로지 침대차들이랑 정리되지 않은 거대한 공간 하나로만 구성될 리는 없을 테니까.

한없이 긴 통로를 이제 모두 지났다. 그다음에 오는 차량들은 모두 넓고 컸으며, 형식에 전혀 얽매이지 않은 모습이었다. 플린은 긴 의자와 탁자에 계속 부딪히고 책 무더기에 걸려 비틀거렸다. 벽에 걸린 게 뭔지, 머리 위에서 푸드덕거리는 기묘한 소리는 또 뭔지 도무지 알 수 없었다. 기차에 설마 박쥐들이 사는 건 아니겠지?

그러다 남자아이가 드디어 어떤 차량에서 멈춰 서자 플린은 마음이 한결 놓였다. 지금까지 본 곳 중에 가장 좁은 장소였다. 그들이 지금 있는 곳은 기차 앞쪽이었다. 철제 괴물 같은 기관차가 내는 칙칙폭폭 소리가 리드미컬하게 들려왔다. 구름처럼 두툼한 증기가 유리창을 지나갔다. 증기가 솜털 이불마냥 기차를 감싸고, 혹시 유리창 뒤에 숨어 있을지도 모르는 위험을 걸러 내는 것처럼 보였다.

남자아이가 구석 선반 두 개 사이에 바람 빠진 풍선처럼 걸려 있는 큰 천을 손전등 불빛으로 가리켰다.

"내가 제일 좋아하는 곳이야."

아이가 그 천을 손짓하며 말했다.

"너, 여기서 자면 돼. 내일 아침 일찍 마담 플로레트를 소개할게. 그러니 너무 편안하게 푹 자면 안 돼. 마담 플로레트는 시간에 맞춰 일어나니까."

너무 편안하게 푹 잘 위험은 어차피 없었다. 자세히 보니 그 천은 바닥에 끌리는 해먹이었기 때문이다. 플린은 이런 곳을 어떻게 좋아할 수 있는지 의아했다.

"고마워."

그래도 이렇게 대답했다. 사실 고마웠다.

남자아이는 고개를 끄덕이고 시계를 흘낏 봤다.

"고맙기는. 한두 시간 후에는 함부르크를 통과할 거야. 그러면 **35**

네가 살던 비더부르스텔이랑 꽤 멀리……."

"바이덴보르스텔."

플린이 끼어들었다.

"뭐, 어쨌든. 그리고 운이 좋으면 다니엘도 같이 있게 될 거야. 그러니 걱정하지 마."

"걱정 안 해."

플린은 거짓말을 했다. 사실은 심장이 목까지 올라와, 앞쪽 기관차의 덜컹거리는 쇳소리처럼 아주 크고 격렬하게 뛰었다.

남자아이가 다시 고개를 끄덕였다.

"그래, 그럼 내일 보자."

아이가 기차 끝 방향으로 몸을 틀었다.

"어디 가?"

플린은 왠지 모르게 그 아이가 옆에 있으면 좋겠다는 생각이 들었다.

"당연히 내 차량으로 가지. 나도 좀 자야 하니까."

아이는 거의 문까지 갔다가 다시 한번 멈춰 섰다.

"아참, 그건 그렇고 나는 페도르야."

"나는 플린."

페도르가 문을 밀어 밤바람이 휘파람 소리를 내며 밀려들자, 플린은 다시 한번 그를 불렀다.

"페도르!"

"응?"

플린은 심각한 표정으로 페도르를 바라보다가 침을 꿀꺽 삼키고 물었다.

"여기가 어디야?"

페도르는 깜짝 놀란 표정을 지었다가 곧 히죽 웃었다. 몇 살은 어려 보이는 얼굴이었다.

"세상에서 가장 좋은 곳이지!"

그는 이렇게 대답하고 철문을 닫았다.

한 줄기 바람이 차량을 지나가며, 축 늘어진 해먹에서 조금이라도 편한 자세를 잡으려고 애쓰는 플린의 이마를 스쳤다.

플린은 페도르의 낙관적인 전망을 생각하며 자리에 누워 있었다. "헉헉 쏴쏴!" 하며 기차가 내는 울림과 발밑에서 선로가 덜컹거리는 소리가 들려왔다. 기차는 지표에 굴곡이 있을 때마다 들숨과 날숨을 쉬듯 오르락내리락했다. 플린은 기차의 일부가 되기라도 한 듯, 모든 움직임을 함께 느꼈다.

아침 여명에 햇살이 아주 작은 유리창을 비칠 때, 플린은 앞으로 두 시간도 채 지나지 않아 지금까지의 삶을 송두리째 뒤엎어 놓을 일이 벌어지리라고는 상상도 하지 못한 채 드디어 잠이 들었다. 아니, 지금까지의 삶만 뒤엎는 건 아니었다.

"말도 안 돼! 내 경력 중에 발생한 가장 파렴치한 일이야! 정말 말도 안 돼!"

"내가 뭐 그렇게 엄청난 인물도 아닌데."

플린은 이렇게 중얼거리며 눈부신 햇살에 눈을 깜박였다. 터무니없이 커다란 가죽테 보호안경을 머리에 올려 쓴, 크고 마른 어떤 여자의 얼굴이 눈에 들어왔다. 불을 내뿜는 평범한 크기의 눈 위에 아주 거창한 곤충 눈을 덧쓴 것처럼 보였다.

"당신! 누구! 예요! 쿨리코프, 이 사람 누구죠?"

뻣뻣한 남자 목소리가 차량에 울리는 걸로 미루어, 어젯밤에 만난 페도르가 가까이에 있는 모양이었다.

"설명할게요, 마담 플로레트……."

"쿨리코프, 당연히 그래야죠! 반드시 그러길 바랍니다."

그러니까 이 사람이 승무원이군. 페도르의 말로 미루어 볼 때, 날 내쫓을 기회를 이미 잃어버렸구나. 물론 함부르크를 이미 지났다는 게 전제 조건이어야 하지만. 플린은 그러기를 간절히 바랐다.

바지 정장을 입은 마담 플로레트는 승무원과 스파이를 섞어 놓은 사람처럼 보였다. 완벽하게 화장한 새빨간 입술과 거기에 맞게 칠한 뾰족한 손톱은 지극히 공격적인 신호처럼 보였다. 마담 플로레트가 살을 파고드는 듯한 날카로운 목소리로 고함을 질렀다.

"쿨리코프, 당장 이리로 와요!"

마담이 페도르 쪽으로 고개를 돌리자 하나로 묶은 금발이 달랑달랑 흔들렸다. 비단결처럼 반질거려서 정말 말꼬리 같았고, 아주 팽팽하게 뒤로 잡아당겨 묶었으므로 마치 제2의 두피처럼 보였다.

"내가 직접 설명할게요."

플린이 재빨리 대답하고는 너무 서둘러 일어나는 바람에, 꺾인 해먹에서 감자 자루처럼 바닥으로 쿵 떨어졌다.

말꼬리가 다시 이쪽으로 방향을 틀었다. 마담 플로레트는 플린이 완벽한 오류라도 된다는 듯이 경멸하는 눈초리로 노려봤다. 그러고는 다시 차량 끝으로 눈길을 돌렸다.

"여기 어떤 애가 해파리처럼 누워 있다고요! 야망이 없는 애가!"

여자는 점점 더 당혹스럽다는 어투로 말했다.

"야망도 없고, 해파리 같은 어떤 아이가 '월드 익스프레스' 바닥에 누워 있다니! 도대체 어디서 나타났는지, 내가 왜 '이 소식'을 듣지 못했죠?"

월드 익스프레스. 이곳이 월드 익스프레스구나. 욘테 오빠가 타고 사라진 호화로운 기차 이름이 '월드 익스프레스'였어. 그 단어는 플린의 귀에 완전히 마법처럼 들렸다. 넓은 세상과 먼 곳에서 벌어지는 모험, 진정한 삶, 욘테를 찾아 행복해질 수 있는 기회 같았다.

플린은 눈을 들었다. 마담 플로레트의 휘어진 보호안경 알에 먼지 낀 차량 유리창이 비쳤다. 유리창 너머에서 황록색 풍경이 여름의 끝자락처럼 흐릿하게 사라져 갔다.

하지만 이건 끝이 아니라 시작이었다. 플린의 머릿속에서 이 기이한 기차가 바이덴보르스텔에 등장하던 모습, 덜컹거리던 바퀴와 삐걱대던 선로, 철마가 대사건을 예고하며 칙칙폭폭 내던 소리가 뒤섞였다. 점점 더 날카로워지는 마담 플로레트의 목소리 때문은 아니었다.

"게다가 버릇도 없군."

페도르가 드디어 선반 모퉁이를 돌아 모습을 드러냈을 때, 마담이 비난을 가득 담은 목소리로 말했다. 차량은 선반들로 가득했고, 빛바랜 커다란 표지판들로 나뉘어 있었다. 식료품과 일상생활용품, 학용품 표지판이었다. 플린은 눈을 비볐다. 여행을 하는데 왜

'학용품'이 필요하지? 여행을 하면서 숙제를 한다고? 상상만 해도 소름이 끼치네.

"쟤는 어젯밤에 불쑥 나타났어요."

페도르가 설명하기 시작했다.

"난 버릇없지 않아요."

플린이 끼어들었다. 도대체 왜 그 말을 하게 된 거지?

마담 플로레트는 어이없다는 듯이 고개를 저었고, 페도르는 마담의 뒤편에서 손으로 자기 목을 치는 흉내를 냈다. 그래서 플린은 잠시 입을 다무는 게 낫다는 걸 깨달았다.

플린의 눈길이 차량을 훑었다. 석탄이 가득 찬 상자, 두툼하게 묶은 상자와 아주 커다란 종이 상자들이 보였다. 재로 된 비가 내린 듯 사방에 쌓인 석탄 검댕이 유리창으로 들어오는 가느다란 햇살에 반짝였다.

마담 플로레트가 깊은 한숨을 내쉬며 눈을 흘기고는 서류철을 꺼냈다.

"좋아요, 그냥 시작하죠. 하루 종일 시간이 있는 것도 아니니."

마담이 플린을 빤히 노려봤다.

"환영 인사와 기타 등등. '기타 등등'은 당신이 거의 9개월이나 지각했다는 뜻이에요! 새 학년은 이미 1월 1일에 시작했어요. 부지런히 공부하길 바랍니다. 안 그랬다간 학년이 끝나는 12월까지 1학년 수업을 절대 따라잡을 수 없을 테니까. '수해물'은 어디 있죠?"

마담 플로레트가 주변을 둘러보며 물었다.

"'수해물'이 하나도 없어요?"

나한테 존댓말을 하네! 좀 유난스러운 거 아니야?

"수하물."

마담이 틀린 단어를 고쳐 준 플린을 매서운 눈길로 쏘아봤다.

'아이고, 우리 참 좋은 친구가 되겠네.' 그런 생각이 플린의 머리를 스쳤다.

"예, 없어요."

그런데 참 이상한 질문이다. 어젯밤만 해도 존재조차 몰랐던 기차를 타면서 어떻게 짐을 가지고 올 수 있단 말인가?

마담이 턱을 치켜들자 말꼬리가 달랑거렸다.

"수해…… 여행 가방이 없다고요. 나 원 참."

마담은 몸을 앞으로 숙이고, 매가 점심 먹잇감을 보듯이 플린을 노려봤다.

"이름은?"

그러고는 구식 만년필로 찌르듯 플린을 가리켰다.

플린은 눈을 깜박이며 얼른 대답했다.

"플린 나이팅게일."

"플린나 이티겔."

마담 플로레트는 말 없는 전투라도 치르는 것처럼 만년필로 종이를 심하게 긁었다.

"아니요. 플린나가 아니라 플린."

플린이 다시 한번 재빨리 대답했다.

마담 플로레트가 숨을 멈췄다. 눈썹이 가파르게 올라갔다.

"그게 남자 이름인가요, 아니면 여자 이름인가요?"

"정확하게 말하자면 둘 다 돼요."

플린은 얼굴이 뜨거워졌다.

'틀린 대답이야. 틀린 대답이라고.'

마담 플로레트의 눈길이 플린의 발로 향했다가 다시 올라왔다.

"뭐, 그러든가. 우리는 자유로운 성향이니까……. 나이는?"

"열세 살."

마담 플로레트가 재차 훑어보자 플린은 입술을 깨물었다. 이제 분명히 나를 남자아이라고 생각하겠구나. 또래 중에 플린과 같은 외모의 여자아이는 없었다. 적어도 평범한 아이들 중에는.

"뭔가 특별한 재능은?"

마담이 물으며 서류 첫 장을 넘겼다.

"으음……."

어떤 재능 말이지? 기차 승객에게 재능을 묻는 게 일반적인 일은 분명히 아닐 텐데.

"가능한 전공 분야는?"

"으음……."

플린은 자신이 무척 바보처럼 생각됐다.

마담 플로레트가 한숨을 내쉬었다.

"당신이 왜 이 세상에서 중요한 사람이 될지 예감하게 하는 '그 어떤 것' 말이에요."

"으음……."

내가 중요한 사람이 될지 어쩔지 어떻게 안담?

"정해진 여행 기간은?"

플린은 '으음' 대신 재빨리 대답했다.

"우선 차표부터 사야 해요."

마담 플로레트는 하마터면 서류철을 떨어뜨릴 뻔했다.

"차표가…… 없다고?!"

마담은 그동안 내내 작업복 멜빵만 만지작거리던 페도르에게 고개를 돌렸다. 멜빵은 온갖 도구들이 트로피처럼 매달린 넓고 무거운 허리띠 위로 느슨하게 늘어져 있었다.

"예, 없어요."

페도르는 이렇게 대답하며 마담 플로레트의 눈길을 피했다. 플린은 까마귀처럼 새까맣고 헝클어진 페도르의 머리카락이 흐릿한 아침 햇살에 가물가물 빛나는 모습을 바라봤다. 왜 그럴까? 펄처럼 사방에 떠다니는 석탄가루 때문인가? 반짝이는 석탄가루는 지금 세 사람이 함께 서 있는 이 구석진 자리를 포함해 길쭉한 차량 전체를 어둠에 싸인 마법처럼 보이게 했다.

"아까 말하려고 했는데……."

페도르가 덧붙였다. 그의 얼굴은 어젯밤처럼 창백하고 피곤해 보였다. 플린은 그럼에도 페도르가 아주 잘생겼다는 걸 인정하지 않을 수 없었다.

"언제? 언제 말하려고 했죠?"

마담 플로레트의 질문에 페도르가 쭈뼛거리며 대답했다.

"그러니까…… 언젠가는."

전체적으로 암회색인 외모만큼이나 꺼칠꺼칠한 목소리였다.

마담 플로레트는 당장이라도 서류철로 페도르의 머리를 후려칠 것처럼 보였다.

"언젠가라고, 응? 쿨리코프, 어서 일하러 가요. 규정대로 나에게 제때 보고하지도 않을 거면서 도대체 왜 아직도 여기 있는 거죠?"

페도르는 힘없이 어깨를 으쓱하고는 기관차 쪽으로 총총 사라졌다. 그가 증기기관차로 통하는 문을 열자 시끄러운 기계음이 짤막하게 들렸고, 차량 안에는 플린과 마담 플로레트만 남았다.

"이제 당신 차례! 어서 차표 줘요."

"아니……."

마담이 내 말을 전혀 듣지 않은 건가?

"일어나서 주머니를 비워요. 거기 '분명히' 들어 있을 테니까!"

들어 있다면 내가 당연히 알고 있겠지. 안 그래?

마담이 조급하게 손을 내저었다.

"어서 일어나라니까요."

불현듯 플린은 페도르가 손전등으로 마담을 한 대 후려치면 좋겠다고 생각했다. 그리고 불쾌한 기분으로 청바지 주머니를 비웠다. 10유로 지폐와 클립 두 개, 병뚜껑 하나, 실 보푸라기와 부스러기, 욘테의 엽서와 학교에서 엄마에게 보낸 통지서('귀하의 따님이 수업에 참여하지 않습니다. 김나지움이 따님에게 적합한 학교 형태라고 확신하십니까?'라는 글이 있다.)를 잘게 찢고 남은 쓰레기가 나왔다.

마담 플로레트는 이 모든 것을 재빨리 훑어봤다. 스스로도 알 수 없는 이유로 플린은 마담이 자세히 보기 전에 욘테의 엽서를 얼른 다시 집어넣었다. 그러고는 마담이 의심의 눈길로 쏘아보자 "이건 차표가 아니에요."라고 얼른 해명했다.

플린은 10유로 지폐를 마담의 코밑에 내밀며 덧붙였다.

"이걸로 차표를 사고 싶어요."

마담 플로레트는 모욕을 당했다는 듯이 눈을 치켜뜨고 새된 고함을 질렀다.

"나를 매수하겠다고요? 내가 하루 종일 차표를 겨드랑이에 끼고 돌아다니기라도 하는 것 같네요! 내가 떠돌이처럼 보여요?"

플린은 눈을 깜박거렸다. 이게 무슨 소리지?

"말도 안 돼."

마담 플로레트가 중얼거렸다.

"정말 말도 안 돼. 차표가 없다니. 도대체 어떻게 그런 생각을 한 거죠? '무임승차'라니!"

반복할수록 그 말은 중범죄처럼 들렸다.

"그 끔찍한 유네스를 비롯해서 '다른 모든 이들'만으로도 이미 문제가 충분히 많은데."

마담 플로레트는 가느다란 구두 굽으로 발을 구르며 지쳤다는 표정으로 차량을 둘러봤다.

"난 이 일에 책임질 수 없어요."

"책임지지 않으셔도 돼요. 나는 스스로를 아주 잘 돌볼 수 있으니까요."

플린이 얼른 대답했다. 그러고는 '난 그저 욘테 오빠를 찾으려는 거라고요.'라고 속으로 덧붙였다.

"아, 그렇게 생각한단 말이죠. 응?"

마담의 말에 플린은 확고하게 대답했다.

"그래요. 집에서도 살림 절반은 혼자 했으니까요."

플린은 이렇게 말하면서도, 자랑스러워해야 할지 부끄러워해야 할지 알 수 없었다.

"그래요? 왜 전부 하지 않고?"

마담 플로레트가 눈썹을 치켜세우며 물었다.

"왜냐하면…… 아니, 뭐라고요?"

플린은 마담을 빤히 노려봤다. 그러니까 '자랑스러워해야 할' 일이구나. '분명히 자랑스러운 일'이야.

마담 플로레트는 의기양양하게 턱을 들었다.

"이럴 줄 알았지. 살림을 겨우 절반만 하면서도 자랑을 하다니. 버릇이 없어, 버릇이."

"아니요!"

플린은 크게 대꾸했다.

"난…… 버릇이 없지 않아요. 나는…….."

소용없었다. 뭐라고 말해야 할지 생각나지 않았다.

마담 플로레트가 음악을 연주하듯이 손톱으로 서류철을 다다닥 두드렸다.

"이제 말문도 맥히고, 응?"

"막히고."

플린이 자기도 모르게 중얼거렸다.

마담 플로레트는 숨을 헉헉댔다.

"감히 내 말을 계속 고치다니!"

마담은 이 일을 최대한 빨리 처리하고 싶은 모양인지, 목을 길게 빼고 말했다.

"좋아요. 난 책임지지 않을 거예요. 안 해요. 절대 안 한다고. 다른 걱정거리가 많으니까."

그러고는 성큼성큼 차량 문 쪽으로 걸어가더니 플린에게 나가라고 손짓했다.

"자! 내가 다니엘과 의논을 마칠 때까지 주방에 가서 일해요."

플린은 마담 플로레트를 빤히 노려봤다. 마음이 불안했다. 모든 승객이 기차에 올랐을 때 이런 취급을 받았을까? 욘테 오빠라면 절대 참지 않았을 텐데. 욘테 오빠라면 달리는 기차에서 뛰어내렸을 거야. 하지만 플린은 그럴 용기가 없었다.

마담 플로레트는 손뼉을 세게 쳤다.

"이제 이리 좀 오지 그래요?"

달갑잖은 승객을 몰아내는 데 경험이 꽤 많은 것 같았다.

플린은 무릎을 떨며 마담 플로레트를 따라 싸늘한 아침 바람이 부는 바깥으로 나갔다. 공기에서 연기와 소금, 소나무 맛이 났다. 지평선 너머에 북해가 있는 것 같았다.

마담 플로레트는 플린을 몰아치며 승강단 연결 발판을 지나고 차량 두 대를 더 통과하여, 긴 통로가 있는 칸에 멈춰 섰다. 기차 끝에 있는 침대차들과는 달리, 이곳에는 문이 하나밖에 없었다. 그 마호가니 문에는 쪽지와 포스트잇이 잔뜩 붙어 있었다. 플린은 거기 적힌 글들을 재빨리 훑어봤다. 쪽지 두 개에 '바클라바(터키 디저트)'와 '타말리(멕시코 전통 음식)'라고 쓰여 있었는데, 옛날 사전을 즐겨 읽는 플린도 알지 못하는 단어들이었다. 마담은 벽을 세게 쾅

쾅 두드렸고, 기다리는 사이에 나무에 붙은 포스트잇 하나를 떼어
냈다.

"러시아식 당근과 호박 파이. 이걸 누가 먹어!"

마담 플로레트는 코를 찡그리더니 안쪽에서 누군가 대답하길 기
다릴 마음이 없는 건지 그냥 문을 옆으로 밀어젖히고 플린을 안으
로 밀어 넣었다.

플린은 기계음이 웅웅 울리는 커다란 주방으로 비틀비틀 밀려들
어가, 흥얼흥얼 콧노래를 부르는 덩치 큰 요리사와 부딪혔다.

"죄송해요."

플린은 얼른 한 걸음 뒤로 물러나며 갈색으로 그을린 뚱뚱한 남
자를 빤히 쳐다봤다. 남자는 금빛 앞치마를 걸치고 머리에는 앞치
마 색깔과 어울리는 요리사 모자를 쓰고 있었는데, 모자는 그 아래
있는 넓적한 얼굴에 비해 너무 작았다.

남자도 한동안 플린을 빤히 바라보더니 눈썹을 치켜세웠다. 입
꼬리도 함께 따라 올라갔다.

"무임승차한 승객이군. 그렇지? 페도르가 이미 네 이야기를 했
단다. 이런 일은 정말 처음이야!"

마담 플로레트는 마땅찮다는 듯이 손톱으로 서류철을 두드렸다.

"라테피, 이쪽은 플린나예요. 이 소녀…… 아니, 소년인가? 뭐,
어쨌든…… 뭔가 할 일을 줘요. 아셨죠?"

마담은 콧부리를 움켜쥐고 한숨을 내쉬었다.

"또 두통이 몰려오려나 보네."

48   그러고는 플린과 어리둥절해진 요리사 둘만 남겨 두고 자리를

떠났다.

요리사 뒤편의 수많은 선반 중 하나에 놓인 라디오에서 활기찬 노래가 흘러나왔다.

"……그을음과 연기와 먼지 구덩이에서 내 인생을 보내네. 여기가 마음에 들어, 다시는 떠나지 않을 거야……."

주방은 시골의 구식 시설과 크롬으로 도금된 현대식 레스토랑 주방을 뒤섞은 모습이었다. 기차가 어두운 소나무 숲을 지나는 동안, 플린 주변에서 철제 조리대가 나무 찬장에, 그리고 금빛 테두리를 두른 접시들이 낡은 솥에 살살 부딪치며 소리를 냈다. 요리사가 엄청나게 큰 빵 바구니를 안겨 주는 바람에 플린은 주변을 더 자세히 살필 수 없었다.

"식당에 좀 가져다주렴."

그가 부탁하고는 통로로 플린을 밀어냈다. 요리사가 라디오에서 나오는 노래를 크게 따라 부르는 소리가 들리더니 덜컹거리며 문이 닫혔다.

조용한 통로에 잠시 서서 기차 바퀴가 내는 소리에 귀를 기울이던 플린은 소름 끼칠 만큼 버림받은 느낌이 들었다. 그런 다음 무슨 일이 일어날지 전혀 알지 못한 채, 불안한 마음으로 다음 차량으로 살그머니 건너갔다.

움직이는 기숙학교

옆 차량에 들어서려던 플린은 어떤 남자 때문에 길이 막혔다. 그는 문을 등지고 서서, 오른쪽 벽 바로 옆에 차려진 뷔페를 멍하니 바라보는 중이었다.

보아하니 이곳이 식당차였다. 스물 몇 개쯤 되는 4인용 식탁이 양탄자가 깔린 중앙 통로 좌우를 에워싸고 있었다. 식탁들 사이에는 두툼한 쿠션이 깔린 긴 의자들이 놓여 있었다.

플린은 감탄해서 숨을 멈춘 채 잠시 서 있었다. 모든 것이 섬세하고 고귀하고, 한없이 넓어 보이는 공간이었다. 그러나 어쩔 수 없이 남자를 지나가야 했다. 플린은 무거운 빵 바구니를 탁 소리를 내며 식탁에 내려놓았다.

"아, 어쩐지 뭔가 빠진 것 같더라."

남자가 나지막하게 말했다.

"으음."

플린은 대답 비슷한 소리를 내며 다시 한번 주변을 둘러봤다. 이곳은 식당일 뿐 아니라, 플린이 기억하기에 통유리 전망창이 있는 유일한 차량이었다. 어젯밤에는 별빛이 통유리로 들어와 반짝였는데, 오늘은 선로 옆의 키 큰 자작나무들이 기차를 향해 몸을 숙이고 있었다. 지나가는 기차가 일으키는 바람에 나무 잎사귀들이 스쳐 지나가는 광점처럼 유리 지붕 위로 흩날렸다.

플린은 이곳이 불편했다. 창고와 비교하면 식당은 우아하고 빛으로 가득했다. 식탁보에는 빛나는 실이 순금처럼 섞여 있고, 식탁에는 아주 맑은 빙하수로 채워진 듯한 수정 물병들이 놓여 있었다.

식당에는 플린과 조용한 남자를 빼고는 아무도 없었다. 이제 뭘해야 하지? 앉을까? 아니면 주방으로 돌아가서 할 일이 있는지 물어볼까?

남자가 플린을 따라 함께 눈길을 돌렸다.

"유령이라도 봤니?"

차분하지만 약간 갈라진 목소리였다. 그는 헝클어진 갈색 머리에, 갈색 조끼와 주름이 잡힌 갈색 바지 차림이었다. 그가 겁 많은 노루처럼 보이는 이유는 갈색 때문만은 아니었다. 페도르와 마담 플로레트가 말했던 다니엘이 이 사람일 리는 없을 거야. 그렇지?

"유령이요?"

당황해서 되물은 플린은 어젯밤 승강장에서 본 동물을 떠올렸다. 그 동물이 여기 있을 리는 없어. 안 그래?

"네가 그렇게 둘러보더구나. 그래서 유령이 있나 보다 했지."

"아…… 아니요."

플린이 고개를 저었다. 뭐라고 대답해야 하지?

"난 유령의 존재를 믿지 않아요."

"아, 그래. 그럼 뭘 믿니?"

"인간의 건강한 이성을 믿지요."

플린이 대답했다. 무슨 대화가 이렇담?

남자가 접시와 식사 도구를 챙겨 들고 미소 지었다.

"그러면 움직이는 기숙학교에 제대로 찾아온 거다."

남자가 접시에 온갖 비스킷과 과일을 담기 시작했다. 플린은 그러는 그를 지켜보며 꼼짝도 하지 않고 서 있다가 입을 뗐다.

"무슨 뜻이에요? 움직이는 기숙학교라니요?"

모든 것이 아귀가 맞아 들어갔다. 존재하지 않는 기차 좌석, 방처럼 보이는 차량, 여기저기 늘어선 긴 의자들……. 세상에, 긴 의자들! 그게 학생용 걸상이었구나!

이게 사실일까? 욘테 오빠가 이 기차에 오른 게, 그저 전학을 간 거였나?

남자도 그제야 이 대화가 이상하다는 것을 눈치챈 듯이 플린을 바라봤다.

"흠."

그가 차량 끝 쪽을 바라보며 고개를 끄덕였다.

"학교, 기차, 움직이는 기숙학교. 그렇게 어려운 비유가 아니잖아. 그렇지?"

남자는 미소를 짓고는 몸을 돌려, 제일 앞쪽 식탁에 앉았다.

"하지만…… 그러니까 그 말은……."

플린은 입을 다물었다. 내가 정말 지독한 오지, 세상의 끝에 살아서 월드 익스프레스라는 움직이는 기숙학교에 대해 들어 보지도 못한 걸까? 있다면 들어 봤을 텐데. 정말 '천재적인' 시설 아닌가!

나도 이 학교를 다닐 수 있을까?

"너, 지금 쇼를 하는구나."

그는 여전히 즐거운 표정으로 말하고, 청록색 쿠션 너머로 플린 쪽으로 몸을 숙였다.

플린은 아무 말도 하지 않았다.

남자는 처음으로 플린을 똑바로 바라봤다. 플린은 그의 눈동자가 커졌다가 다시 작아지는 모습을 불안한 마음으로 지켜봤다.

"애, 그런데 너 누구지? 공작이 아니구나."

"으음…… 예. 아마 아닐 거예요. 공작이 아니라는 게 무슨 뜻인지조차 몰라요."

내가 어디서 왔는지 어떻게 설명해야 할까? 이 사람도 마담 플로레트처럼 경악하면 어떡하지?

"공작들."

남자는 일단 그 말만 했다.

"월드 익스프레스 학생들을 그렇게 부른단다. 학교 색깔이 공작새의 색깔이라서."

"청록색이요?"

플린이 조심스럽게 물었다.

"그래, 청록색이지."

그가 고개를 끄덕이고서 덧붙여 물었다.

"네가 왜 그 사실을 모르는지 설명해 주겠니?"

"음…… 말하지 않는 게 낫겠어요."

그러자 그 남자는 기습 공격이라도 당한 표정으로 플린을 빤히

53

바라봤다.

플린은 이 상황을 아무렇지도 않은 듯이 수습하려면 무슨 말을 해야 할지 정신없이 머리를 굴렸다. 바로 그 순간, 차량 끝의 문이 열리고 남자가 그쪽으로 몸을 돌리자 플린은 마음이 놓였다. 불행히도 들어온 사람은 마담 플로레트였다. 그 뒤를 따라 남녀 학생들이 웃고 떠들며 쏟아져 들어왔다.

플린은 불안한 마음으로 그들을 지켜보며, 대다수가 자기보다 나이 많아 보인다고 생각했다. 그뿐만이 아니었다. 모두 지극히 자연스럽게 행동하고 느긋하게 움직여서 플린은 그들과 비교할 때 자신이 너무 보잘것없고 미숙하게 느껴졌다. 그들처럼 자신감을 갖고 싶다는 소망이 불현듯 솟구쳤다.

아시아인으로 보이는 검은 머리카락의 학생들도 많았다. 그들을 하나로 연결하는 것은 언어와 옷이었다. 플린은 학생들이 모두 독일어로 대화한다는 사실에 깜짝 놀랐다. 예외 없이 모두 청록색 셔츠에 —여학생들은 금색 점이, 남학생들은 줄무늬가 있는 셔츠였다— 밝은색 면바지나 치마를 받쳐 입고 있었다. 이곳은 아늑하게 느낄 만큼 따뜻했지만 공작들 중 몇몇은 청록색 스웨터를 어깨에 걸치고 있었다. 차량을 나설 때마다 축축하고 차가운 아침 공기와 마주해야 하니 이상한 일도 아니었다.

모두가 무척 시끄럽게 떠들고 있었다. 플린은 이런 야단법석 덕분에 그들이 자기를 알아보지 못하기를 바랐다.

하지만 뷔페 앞까지 온 학생들은 입을 다물고 모두 플린을 바라봤다. 플린은 아무렇지 않은 척하려고 했지만, 얼굴이 새빨개지는 바람에 소용 없었다. 온몸으로 뜨거운 열기가 스치고 지나갔다. 어두운 색 쿠션 뒤로 몸을 숨기고 싶었다.

"아, 다니엘. 여기 계셨군요. 다행이에요."

마담 플로레트가 학생들을 옆으로 밀치고, 갈색 옷을 입은 남자가 앉은 식탁 옆에 섰다. 남자는 접시에 담긴 시나몬 롤을 구슬픈 표정으로 내려다보더니, 더럽지도 않은 손가락을 냅킨에 닦고는 천천히 일어섰다.

"예, 무슨 일인가요?"

"이쪽은 플린나예요."

마담은 만년필로 작살을 던지듯 플린을 가리켰다.

"이 아이가 어디서 왔는지 상상할 수 있으신가요?"

다니엘이 턱을 쓸며 대답했다.

"서부 티베트의 이동 서커스단에서? 아니면 미네소타 주의 여학생 기숙학교에서? 아니면 어떤 극비 프로젝트 출신?"

플린이 눈길을 들었다. 특이한 내 외모를 넌지시 빗댄 말인가? 그렇다면 별로 재미도 없는 유머네.

마담 플로레트도 웃을 기분이 아닌지 쉿소리를 냈다.

"그만하시죠."

다니엘은 어깨를 으쓱하더니 양손을 바지 주머니에 넣었다.

"이 아이가 어디에서 왔는지 상상할 수 있냐고 물었잖아요. 그래요, 난 상상할 수 있어요. 나는 상상력이 아주 풍부하답니다. 모르셨나요?"

플린이 보기에 남자는 별로 재미도 없는 어릿광대 노릇을 하고 있었다. 마담 플로레트가 내 일을 왜 이 남자와 의논하는 걸까.

마담 플로레트는 리듬을 맞추듯 만년필 끝으로 서류철을 여러 번 두드렸다.

"예, 알았어요. 이제 농담은 그만두시죠! 플린나는 어디 출신이냐 하면…… 음……."

그 순간 마담 플로레트는 플린이 도대체 어디서 왔는지 자기도 모른단 사실을 깨달은 모양이었다.

'흐음, 페도르가 그건 안 알려 줬나 보네요.'

플린은 쌤통이라고 생각했다.

"어쨌든 오늘 아침에 불쑥 나타났어요."

마담이 몸을 앞으로 살짝 숙이고 덧붙였다.

"그리고 '차표'가 없어요!"

느긋하던 다니엘도 그 말엔 몹시 놀란 듯했다. 한참 동안이나 플린을 빤히 바라보다가 고개를 갸우뚱 기울이더니 최대한 나지막하고 차분하게 말했다.

"알겠습니다. 그거 주시겠어요? 이제 내가 처리하지요."

다니엘이 서류철로 손을 뻗었다.

마담 플로레트는 감독할 권한을 상실할까 봐 걱정되는지, 나사 바이스처럼 손가락으로 서류철을 움켜쥐고 다급하게 대답했다.

"다니엘, 걱정 마세요. 벌써 다 생각해 뒀답니다. 제일 가까운 역에 아이를 내려 주고 데려가라고……."

"말도 안 됩니다!"

마담의 뒤에 있던 학생들 틈에서 누군가 큰 소리로 외쳤다.

"우린 방금 도망쳐 나온 게 분명한 집으로 어린 소녀를 돌려보내지 않아요."

덩치 크고 다부진 어떤 남자가 무리를 헤치고 나왔다. 그의 얼굴 왼쪽 절반은 일그러져 있었다. 그와 비교하면 플린은 자신이 매력적이라는 생각이 들 정도였다. 남자가 플린에게 가볍게 고개를 끄덕였는데, 플린은 그게 무슨 뜻인지 알 수 없었다. '어린' 소녀란 표현이 정말 전혀 마음에 들지 않았지만 어쨌든 플린은 그에게 고개를 끄덕여 화답했다. 학생들 몇몇이 킥킥거렸다.

"컬리, 이건 아주 '간단'한 일이에요."

마담은 이렇게 대답하고서 불현듯 무척 불편하다는 듯 고개를 길게 늘였다.

"'간단'하다. 그래요, 그렇겠죠."

남자가 고함을 질렀다.

"당신은 책임감이라고는 전혀 없는 것 같군요. 안 그래요?"

잿빛 가운을 입은 그가 두툼한 팔로 팔짱을 꼈다. 남자의 투박한 신발과 촌스러운 외모는 플린만큼이나 이 세련된 식당차에 어울리지 않아 보였다. 플린은 순식간에 기분이 살짝 나아졌다.

"흥!"

마담이 경멸하듯 대꾸했다.

"나는 여기 있는 그 누구보다도 책임감이 강해요. 다니엘, 안 그런가요?"

다니엘은 아무 말도 하지 않고 플린만 계속 빤히 바라봤다.

플린은 또 얼굴이 새빨개졌다. 살면서 타인에게 단 한 번도 주목   **57**

받아 본 적 없는 사람이 감당하기에는 지나치게 큰 관심이었다.

"좋아요, 그럼 주방에서 일하라고 하죠."

마담은 아주 기분 나쁜 타협이라는 듯이 고통스러운 얼굴로 대꾸했다.

"주방이라고요! 쿨리코프처럼 중노동을 하라는 거군요?"

컬리라는 다부진 남자가 어찌나 화를 심하게 내는지, 플린은 마담 플로레트가 무서워서 바지에 오줌을 지려도 이상하지 않을 거라고 생각했다.

마담 플로레트는 정말 겁을 먹었는지 소심하게 대답했다.

"노동이 해가 되는 경우는 없어요. 나도 그렇고……."

"조용히 하세요."

다니엘이 나지막하게 끼어들었다. 순식간에 정적이 찾아왔다. 떠들썩하던 학생들도 입을 다물었다.

"자, 이제 서류철을 이리 줘요. '부탁'합니다."

그는 아까와 마찬가지로 나지막하게 거의 속삭이듯이 말했지만, 목소리에 깃든 단호함은 마담 플로레트의 손가락을 마법처럼 서류철에서 풀어냈다. 마담이 그에게 서류철을 건넸다.

"고맙습니다."

마담 플로레트는 다니엘이 아주 심한 굴욕감을 주었다는 듯 그를 노려봤다. 다니엘의 얼굴에 미소가 스치고 지나갔다. 그가 플린에게 따라오라고 손짓했다.

두 사람이 학생들 틈을 뚫고 지나갔다. 지나가자마자 플린은 목덜미에 아이들의 시선을 느꼈다. 수군대는 소리도 들려왔다.

"저 애 알아?"

"헝클어진 머리카락 보여?"

"옷은 또 어떻고. 세상에나!"

"정말로 '무임승차'한 거야?"

밝은색 짧은 머리에 넓은 머리띠를 한 어떤 여자아이가 특히 더 심각한 표정으로 플린의 뒷모습을 바라봤다.

플린은 지극히 익숙한 수치심과 분노를 순식간에 다시 느꼈다. '프로일라인 슐레히트펠트 행복학교'의 복도에서 비열한 독수리들과 함께 있을 때와 똑같았다. 플린은 본능적으로 고개를 내렸다가, 어깨 너머로 다시 한번 학생들을 돌아봤다.

욘테 오빠는 없구나. 하지만 오빠가 정말로 여기에 있다면, 언제라도 만날 수 있을 거야.

오빠는 내가 없는데도 마음에 드는 집을 찾은 걸까? 플린은 이 상상이 기쁜지 어쩐지 알 수 없었다.

혹시 새 친구들을 만나서 이미 오래전에 가족 비슷하게 된 건가? 나를 봐도 전혀 반갑지 않은 건 아닐까? 이런 생각을 하자 플린은 이 세상에 혼자인 듯 외로웠다. 등 뒤에서 철문이 닫히고 불편한 수군거림이 사라지자 마음이 놓였다.

차량 바깥 발판에 서늘한 바람이 불었다. 추위 속에서 차량 연결 부분을 여러 번 지나다 보니 스웨터가 하나 있으면 좋겠다고 생각했다.

"여기가 카페란다."

플린이 다음 차량으로 얼른 따라 들어서자 다니엘이 말했다.

그는 차량 전체 길이만큼이나 길게 쭉 뻗어 있는 목제 판매대 뒤로 들어갔다. 플린 쪽에는 등받이 없는 높은 의자와 작은 체크무늬 소파들이, 다니엘 쪽에는 벽과 유리창 전체를 차지하는 좁다란 선반장이 있었다. 유리창으로 줄지어 들어온 빛이 선반에 놓인 수많은 병과 캔에 반사되어 부서졌다. 몇몇 선반장에는 먼지가 앉고 맹꽁이자물쇠가 달려 있었다. 온실 관개시설처럼 보이는 작은 노즐 몇 개가 내뿜는 구름 같은 연기를 맞으며 줄지어 서 있는 병들도 있었다.

"뭐 좀 마시겠니?"

감탄하는 플린을 바라보던 다니엘이 물었다.

"크림소다 어때?"

그는 플린이 미처 대답을 하기도 전에 증기 노즐이 있는 선반장에서 유리병 두 개를 꺼냈다. 불투명한 내용물이 휘저은 계란을 연상시켰다. 플린은 유리병에 붙은 상표를 빤히 노려봤다. '최고의 크림소다. 안 좋은 크림소다보다 언제나 더 나은 선택!'이라고 쓰여 있었다.

플린은 '크림소다'라는 말을 들어 본 적이 없었다. 이걸 정말 마셔야 하나?

다니엘은 한 손으로는 병따개를 찾느라 서랍을 뒤지고, 다른 손으로는 마담 플로레트의 서류철을 펼쳤다.

"플린나 이티겔. 지금 너 때문에 온 세상이 혼란스럽단다. 이런 일이 벌어질 거라고는 상상도 못 했지. 안 그래?"

그가 플린을 바라보며 싱긋 웃었다.

"예…… 그랬죠."

플린은 뭐라고 대답해야 할지 알 수 없었다. 이 사람, 다니엘이 대화하는 방식은 무척 독특하네.

"죄송하게 생각하고 있어요. 그런데 내 성은 이티겔이 아니고, 나이팅게일이에요."

플린은 힘겹게 의자에 올라앉았다.

"플린 나이팅게일. 새랑…… 똑같아요."

사실 플린이 하고 싶었던 말은 "욘테 나이팅게일과 똑같아요. 욘테를 아세요?"였지만, 말하는 도중에 이미 용기를 잃었다.

다니엘이 재빨리 플린을 바라봤다. 플린은 갑자기 불편해졌다. 그의 눈빛은 노루처럼 조심스러웠을 뿐 아니라 무척 강렬했다.

"어, 음……. 플린은 남자 이름이기도 하지만, 나는 여자예요. 잘 모르실까 봐 말씀드리는 거예요."

다니엘이 계속 자세히 뜯어보는 통에, 플린은 안 그러려고 했는데도 저절로 고개가 내려갔다. 한없이 긴 시간이 흘러가는 것 같았다. 다니엘이 다시 입을 열었다.

"나이팅게일이라고."

그가 마담 플로레트의 메모를 훑어보며 말을 이었다.

"바이덴보르스텔 출신이겠구나. 우리가 어젯밤 거기서 정차했으니까. 이럴 수가!"

"맞아요. 정확하게 말하자면 우리 집은 바이덴보르스텔에서 몇 킬로미터 떨어진 곳에 있어요. 그리고 거긴 사람들이 상상하는 것만큼 아름답지 않아요."

다니엘은 다시 한번 플린을 흘깃 바라보고 나머지 메모를 건성 건성 읽었다.

"열세 살……. 목적지 없음……. 재능 없음……. 버릇이 없고 고집 세고 이해력 부족함……. 아니, 이런 말은 믿지 않는다."

다니엘은 병따개 또는 그것과 비슷한 무언가를 찾아냈다. 동그란 철제 딱정벌레 모양이었다. 그가 그걸 병에 대자, 딸깍 소리가 나면서 자그마한 다리가 나오더니 병목 둘레를 자동으로 한 바퀴 돌았다. 철제 딱정벌레가 날개를 파닥이는 듯한 기계음이 들린 후에 나지막하게 '퐁' 소리가 나며 뚜껑이 열렸다. 다니엘이 두 번째 병도 똑같은 방법으로 여는 동안, 플린은 아무 말도 하지 못하고 그 모습을 지켜봤다. 이 기차의 장비들은 값비쌀 뿐 아니라 정말이지 아주 기묘했다.

다니엘은 크림소다 두 병을 모두 열고서 한 병을 플린에게 건넸다. 병을 잡았을 때 축축한 손자국이 남는 걸로 보아, 노즐에서 나오는 연기는 선반에 놓인 병들을 차갑게 유지해 주는 듯했다. 부글거리는 음료에서는 강한 바닐라 향이 풍겨 왔다. 거품이 아주 많이 일어나는 음료였다.

다니엘이 음료를 한 모금 마시는 동안, 또다시 외로운 느낌이 플린에게 밀려왔다. 반짝이는 판매대와 금빛 받침 접시, 벽에 걸린 그림 등 이곳에 있는 모든 것도 식당차와 마찬가지로 우아하고 값비싸게 보였다. 캐러멜과 먼지 냄새가 살짝 났다. 욘테 오빠는 우아하고 아늑한 이 기차에 잘 어울려. 플린은 자기도 모르게 그런 생각이 들었다. 하지만 나는 아니야.

플린은 용기를 한껏 짜내어 입을 뗐다.

"여기 머물 수 있다면 뭐든지 할게요. 혹시 주방 보조를 한다면 차표를 얻을 수 있을까요?"

다니엘이 병을 내려놓고 플린을 빤히 바라봤다.

'괜찮아. 계속하자.'

플린은 그가 침묵하는 한은 계속 설득해 볼 만하다고 생각했다.

"페도르를 도울 수도 있고요."

플린은 잠시 숨을 멈췄다가 말을 이었다.

"페도르가 무슨 일을 하는지는 잘 모르지만요."

다니엘은 여전히 말이 없었다.

"나는 사람들 눈에 잘 띄지 않을 거예요. 말하자면 거의 언제나 투명인간 비슷한 거죠."

"플린, 내 말 들어 보렴……."

"아니면 여기 카페에서 탄산음료를 팔 수도 있고요."

그가 헛기침을 하고서 같은 말을 반복했다.

"플린, 내 말 들어 봐. 이곳은 월드 익스프레스란다. 음료수 판매용 기차가 아니야."

다니엘이 의미심장한 눈길을 보냈다. 플린은 자신이 바보같이 느껴졌다.

"이곳에는 언젠가 영웅이 될 청소년들이 타고 있어."

플린은 눈을 동그랗게 떴다. 다니엘은 플린의 눈빛에서 생각을 읽었다는 듯이 웃음을 터뜨리며 고개를 저었다.

"아니, 난 지금 스파이더맨이나 캣우먼 이야기를 하는 게 아냐.   **63**

진짜 영웅은 학자와 예술가들, 그리고 더 나은 세상을 위해 매일 싸우는 과학자들이지. 월드 익스프레스는 어려운 환경에서 자란 특별한 아이들이 나중에 바로 이런 역할을 할 수 있게 만들어 줄 기숙학교란다. 여기서 그 일에 필요한 모든 것을 배우지."

플린은 다니엘의 말을 알아듣지 못해서 잠시 어지럼증이 일었다. 자기 또래 아이들이 앞으로 언젠가 위대하고 중요한 일을 하게 될 거라고 생각해 본 적은 한 번도 없었다. 그러다가 불현듯 욘테 오빠가 떠올랐다! 오빠는 바이덴보르스텔에서 앞이 빤히 내다보이는 인생을 살지 않을 수만 있다면 뭐든 했을 사람이야. 뭔가 '중요한 일'을 하기 위해서라면 말이지. 게다가 가난한 환경에서 자랐고.

다니엘은 기분이 좋아 보였다.

"위대한 스티븐슨 덕분에 우린 여기서 이런저런 나라의 법률에 방해받지 않고 지낼 수 있지."

플린은 이해하지 못해서 고개를 젓고 물었다.

"누구 덕분이라고요?"

다니엘이 머리카락을 쓸자, 그러지 않아도 이미 헝클어져 있던 머리카락이 더욱 부스스해졌다.

"우리 학교 창립자인 조지 스티븐슨. 그분이 모든 나라의 학교 규칙을 피해 가려고 이 기숙학교 기차를 만들었단다."

플린은 이 모든 말을 어떻게 판단해야 할지 알 수 없었다.

"이 기차에는 규칙이 없다는 뜻인가요?"

욘테 오빠는 경계석이 없는 모닥불이라서 규칙이 없다면 정말 위험할 텐데.

다니엘이 흥겹게 웃음을 터뜨렸다.

"아니, 있지. 마담 플로레트에게 물어보렴. 하지만 스티븐슨의 규칙이야. 그래서 의미 없는 건 하나도 없지. 수학 수업도, 시험이나 숙제도 없단다."

플린은 깜짝 놀라 다니엘을 빤히 쳐다봤다. 그러고는 흐릿한 햇빛에 먼지 한 톨까지 모두 반짝이는 차량 내부를 다시 한번 둘러봤다. 플린은 이 기차가 마음에 들기 시작했다.

다니엘이 음료수 병을 들었다.

"이 기숙학교는 180년도 더 전에 만들어졌어. 그때부터 기차는 온 세계를 다니지. 대륙에서 대륙으로, 나라에서 나라로, 도시에서 도시로 말이야. 따라오렴!"

둘은 다음 차량인 도서관으로 갔다. 이곳의 금색 벽장들은 먼지 가득한 빛에 잠겨 있었다. 플린은 부메랑의 곡선을 쓰다듬듯 아마포로 제본된 두툼한 책등을 손가락으로 쓸어 봤다. 오랜 세월 사용해서 책등도 부메랑처럼 매끈했고, 뭔가 익숙한 것을 만진다는 안정된 느낌을 불러일으켰다.

"자, 저거 보이니?"

다니엘이 커다란 세계 지도가 그려진 천장을 가리켰다. 지도의 색깔은 이미 바랬지만 아주 진짜 같아서, 파도와 모래언덕이 바다와 사막에서 움직이는 것처럼 보였다.

"지금 우린 여기 있단다."

다니엘이 유럽을 가리켰다. 검은색 선으로 표시된 철도 노선이 대륙들 전체에 뻗어 있었다. 유럽의 세 개 노선은 빨간색으로 반짝였는데, 그중 한 곳에 'WE'라는 작은 글씨와 활짝 펼친 공작 꼬리가 그려진 기차 로고가 달팽이처럼 느린 속도로 움직이고 있었다.

플린은 소스라치게 놀라 지도를 노려봤다. 이건 그림이야. 그저 그림에 불과하다고.

'그런데 움직이네!'

"붉은색은 우리가 다음 몇 주 동안 움직일 노선이지."

그는 움직이는 세계 지도가 지극히 자연스러운 현상이라는 듯이 아무렇지도 않게 말을 이었다.

"프랑스와 에스파냐를 지나서 불가리아와 헝가리까지 갈 거야. 아주 긴 우회로지."

그가 턱을 문지르며 말했다.

"너 때문에 여정을 약간 바꾸겠다고 익스프레스 본부에 허락을 구해 볼까?"

플린은 그의 말을 이해할 수 없었다.

"죄송하지만…… 교장 선생님이든 누구든 좀 더 중요한 분과 의논해 봐야 하지 않을까요?"

다니엘이 어리둥절한 얼굴로 플린을 바라보다가 대답했다.

"'내'가 교장이란다. 오스트레일리아 출신 다니엘 휠러."

그가 살짝 고개를 숙여 인사하는 시늉을 했다.

"아무도 말해 주지 않았니?"

플린은 기절할 듯 놀랐다.

"어머나! 아무도 말해 주지 않았어요. 모두 그냥 다니엘이라고 불러서……."

다니엘은 한숨을 내쉬었다.

"나는 '미스터 휠러'라는 호칭을 좋아하지 않아. 마치 형 집행관처럼 들리거든. 다니엘이라는 이름으로 업무를 봐도 잘하든 못하든 똑같을 테지. 사실 제일 가까운 역에 너를 내려 주고 부모님께 데려가라고 해야 해. 다음 역은 암스테르담이 되겠구나."

플린은 깜짝 놀랐다. 내가 지금 일을 망친 건가?

"엄마는 어차피 안 올 거예요."

그래서 얼른 대답했다.

어떻게 올 수 있겠나? 암스테르담이 있는 네덜란드까지 오는 경비조차 감당할 수 없을 텐데.

"오실 필요 없다."

잠시 입을 다물고 있던 다니엘이 사무적으로 말했다.

"너에게는 행운인데, 나는 업무를 제대로 처리하지 않는 결점이 있지. 일단 여기 있어도 돼."

그가 경고하듯 손을 올렸다.

"하지만 이 상황에 익숙해지지는 말아라. 늦어도 2주일 후에는 다시 여기 독일로 오는데, 그때는 너를 내려놓지 않을 수 없으니까. 어쨌든 너는 이 기차에 무임승차했잖니."

다니엘은 장난스럽게 윙크하고는, 다 비운 병을 아직 가득한 플린의 병에 마주쳐 건배했다. 높은 음이 나지막하게 공간을 울렸다.

플린은 심호흡을 했다. 그래, 난 차표가 없지만 꽉 채운 2주라는 시간이 있어. 욘테 오빠를 찾을 시간이. 기차에서 오빠를 찾는 일은 별로 어렵지 않을 거야. 그렇지?

머리글자

그렇게 해서 플린은 기차에 남게 됐다. 차표도 없고, 모든 사람에게 의심의 눈길을 받긴 했지만 어쨌든 남았다.

다니엘과 대화를 나누고 몇 분 지난 후, 플린은 전날 밤에 잤던 창고 해먹 옆에 앉아서 기차의 흔들림에 맞춰 몸을 까닥거렸다. 월드 익스프레스는 시간이 지날수록 플린을 집에서 먼 곳으로, 더 넓은 세상으로 데리고 갔다. 이 여행을 감행하기는 두려웠지만 동시에 아주 자연스러운 기분도 들어서, 플린은 양심의 가책을 느낄 정도였다. 내가 사라진 걸 엄마가 이미 알아챘을까? 혹시 걱정하시는 건 아닐까? 플린은 한숨을 내쉬었다. 욘테 오빠도 이런 생각을 했는지 알고 싶었다. 당장에라도 기차를 뒤지며 오빠를 찾아 나서고 싶었지만 다니엘은 플린을 주방으로 돌려보냈다.

하지만 점심 식사 준비로 분주하던 라테피 요리사가 플린을 창고로 내쫓았다. 그래서 지금 창고에 앉아 있게 된 것이다. 그런데도 페도르가 주소를 잘못 쓴 소포처럼 주방으로 돌려보내지 않고 자신을 받아 줘서 플린은 기뻤다.

플린에게서 다니엘과의 대화 내용을 들은 페도르는 이마를 찡그

렸다. 그러고는 식료품 칸의 어떤 상자에서 복숭아 두 개를 조심스
럽게 꺼냈다.

"너도 하나 먹을래?"

플린은 검댕이 묻은 페도르의 손에 놓인 복숭아를 쳐다보고 고
개를 저었다. 지금 너무 흥분한 상태라 아무것도 먹을 수 없었다.

페도르는 기분이 상한 듯이 끙 소리를 내고는 지저분한 티셔츠
자락에 과일을 문질렀다. 그러지 않아도 지저분하던 티셔츠가 더
더러워졌다. 웃음을 참느라 플린의 입꼬리가 떨렸다.

페도르가 복숭아를 한입 베어 물었다.

"그런데 다니엘이 너에게 왜 일자리를 안 준 거야?"

플린은 무슨 말인지 몰라 눈을 깜박거렸다. 물론 플린 스스로 불
과 몇 분 전에 다니엘에게 음료수를 파는 일을 하겠다는 제안을 하
기는 했다. 하지만 페도르가 명확하게 일자리라고 말하자, 플린은
다니엘이 왜 자기 제안을 받아들이지 않았는지 깨달았다. 그 말은
옳지 않게 들렸다.

"난 열세 살이야."

"아, 정말? 이제 겨우?"

페도르는 어리둥절한 표정으로 플린을 바라봤다. 그러더니 어깨
를 으쓱하고서 두 번째 복숭아를 먹었다.

"나는 열다섯 살이야. 그게 뭐? 난 여기서 방학 기간 아르바이트
보다 더 많은 일을 해."

플린은 뭔가 대꾸하려고 입을 열었지만 말이 목에 걸렸다. 페도
르도 차표가 없는 게 분명했다.

69

"넌 무슨 일을 해?"

플린이 놀라서 묻자 페도르는 다시 한번 어깨를 으쓱했다.

"석탄 소년이야."

그 명칭은 페도르처럼 강해 보이는 사람에게 쓰기에는 너무 유치하게 들렸다.

"화부로 일하지."

그가 덧붙였다.

페도르가 풍기는 연기와 석탄 냄새가 이제야 이해됐다. 플린은 복숭아 향기와 부드럽게 섞인 그 냄새를 깊이 들이마셨다.

페도르가 몸을 똑바로 세우며 앉아서 말을 이었다.

"그뿐만이 아니야. 이곳 창고도 내가 책임져야 해. 선반을 채운다거나 그런 일을 하지. 내가 잘하는 일이야. 외울 게 꽤 많거든."

페도르의 눈동자가 불현듯 석탄 두 덩어리처럼 반짝였다.

"네가 2주 동안 나를 도와줄 수도 있겠다. 내가 다니엘이랑 말해볼까? 네가 일할 마음이 있다는 걸 다니엘이 잘 몰랐나 봐."

"아니!"

플린이 흥분해서 소리쳤다.

"아니야, 그러지 마."

그러고는 페도르가 깜짝 놀라서 자기를 보는 걸 깨닫고는 "고마워."라고 덧붙였다. 의도했던 것보다 말이 뾰족하게 나갔다.

둘 사이에 불편한 침묵이 흘렀다. 단조롭게 덜컹이는 기차 바퀴 소리와 커브를 돌 때 나는 쇳소리만 들렸다.

"월드 익스프레스는 다른 기차들을 노련하게 비껴가."

침묵을 깨고 페도르가 설명했다. 긴장을 풀어 보려고 애쓰는 목소리였다. 불쑥 나타나 허공에 걸려 버린 갈등을 쫓아내려는 듯이 그가 손을 휘저으며 말을 이었다.

"완전히 마법이지. 어떻게 비껴가는지 알고 싶어?"

아니, 알고 싶지 않았다. 플린은 기습 공격을 당한 기분이 들었을 뿐 아니라, 둘이 같은 처지라는 걸 알면 페도르가 자기를 혹시 좋아하지는 않을지 걱정스러웠다. 다시 말해서 둘 다 평범하다는 걸 알게 된다면. 평균적이고 현실적이면서도 월드 익스프레스의 학생이 되려는 이름 없는 아이란 걸 말이다.

"그냥 말해 본 거야."

페도르가 언짢은 표정으로 원래 주제로 돌아왔다.

"그 아이들과 너무 가깝게 지내지 마. 공작들 말이야."

그의 목소리는 마치 차량의 벽처럼 어두웠다. 플린은 이곳이 무척 편했다. 학생들과 침대차와 차표 걱정이 가득한 기묘한 기차 한복판이었지만, 기관차 바로 뒤에 있는 이 차량에서는 페도르가 편안함을 내뿜고 있었다. 지금까지 플린에게 이런 안락한 느낌을 준 사람은 욘테가 유일했다.

"그래."

플린이 느긋한 척 대답했다.

"나도 알아. 난 시간이 겨우 2주밖에 없어."

플린은 검댕과 증기에 싸인 이 공간을 페도르와 싸우느라 잃고 싶지 않았다.

석탄 소년은 플린이 부럽다는 듯이 한숨을 내쉬었다.

71

"다행이라고 생각해라."

플린은 눈을 깜박였다.

"다행이라고? 뭐가?"

"네가 안개 공작이라는 걸. 솔직하게 말해 봐. 너, 정말로 과학자나 예술가가 되고 싶어?"

페도르가 손을 내저으며 하찮다는 시늉을 했다.

"내가 뭐라고?"

"포그, 안개 공작. 믿음이 없는 공작 말이야."

플린은 이마를 찌푸리며 물었다.

"무엇에 대한 믿음?"

믿을 만한 가치가 있는 일이 뭔지 떠오르지 않았다.

"뭐긴, 자기 자신에 대한 믿음이지."

페도르는 이렇게 대답하며 다시 한번 하찮다는 손짓을 했다.

"안개 공작은 위대한 미래를 이룰 잠재력이 있는 청소년을 말해. 공작과 마찬가지지. 그래서 기차를 볼 수 있는 거야. 승객들은 볼 수 없거든. 하지만 안개 공작은 자신의 잠재력이나 위대한 미래를 믿지 않아. 자기를 도와줄 마법도 당연히 안 믿고."

"어머나."

플린은 '자기 자신'을 믿는다는 생각은 한 번도 해 본 적이 없었다. 그리고 자꾸 마법 어쩌고 하는 이 헛소리는 뭐지?

"안개 공작은 어려운 집안 출신인데, 공작들의 부자연스러운 태도는 없는 아이야."

페도르가 요약해서 말했다.

"차표가 없는 아이 말이구나."

플린은 이렇게 해석하고는 햇살 속에서 안개가 수은처럼 반짝이는 창밖 들판 경치를 내다봤다.

기차는 일직선 수로들로 나뉜 경작지를 빠르게 지났다. 여기가 네덜란드구나. 플린은 도서관 천장에서 빨간색으로 반짝이던 노선을 떠올렸다. 월드 익스프레스가 독일을 이미 벗어났다는 것도 깨닫지 못하고 있었다. 사실 이 순간을 고대하긴 했지만 지금은 그런 게 별로 중요하다는 생각이 들지 않았다.

내가 정말 안개 공작일까? 믿기만 하면 뭔가 변화시킬 수 있나? 어쨌든 동생들과 엄마는 못 본 엽서의 월드 익스프레스를 나는 왜 봤는지 이해가 되네.

이렇게 간단한데 왜 믿지 못하지?

플린은 잠시 눈을 꼭 감고 자기 안에 뭔가 위대한 것, 앞날이 촉망되는 것, 그런 것에 대한 '믿음'을 찾으려고 했다. 발아래에서 차량 바닥이 오르락내리락해서 양탄자 위에 떠 있는 느낌이었다. 가벼운 미풍이 지나갔다.

플린의 내부는 텅 비어 있었다.

앞날이 촉망되는 건 없었다.

조금의 기미도 보이지 않았다.

없는 것을 어떻게 믿을까? 난 위대한 미래에 세상을 바꿀 공작이 아니야. 나는 나야. 플린은 한숨을 내쉬며 자기 몸을 살폈다. 욘테 오빠의 목소리가 들렸다.

"우리 반쪽이."

플린은 입술을 앙다물었다.

나는 반쪽짜리 공작이야.

그 이상은 아니지.

페도르의 휴식 시간이 끝난 이른 오후에, 플린은 다시 한번 기차를 훑었다. 이번에는 차량과 사람들을 자세히 살폈다.

석탄 때문에 새까만 창고 차량 뒤에는 너저분한 수하물 차량이 따라왔다. 마룻바닥 위에 빈 여행 가방과 손가방, 옷 보따리와 악기 상자들이 겹겹이 쌓여 있었다. 사방에서 덜커덕, 삐거덕 소리가 났다. 공기가 축축했고 좀약 냄새도 풍겼다.

이곳에는 아무도 없었다. 플린은 잡동사니 짐 무더기들 사이로 길을 내며 지나가, 다음 차량에 들어섰다. 기묘하게 생긴 세탁기 여러 대와 공구함이 가득했다. 이 차량의 벽들도 장식용 마감재가 없는 그냥 나무 벽이었고, 유리창 틈새로 쇳소리를 내며 바람이 들어왔다. 플린의 머리 위에는 몇 미터나 되는 빨랫줄이 팽팽하게 쳐져 있었다. 이 차량에서 손질이 되어 보이는 새것이라고는 멋지게 휘어진 글씨체로 '망설이지 말고 컬리에게 물어볼 것', 그리고 그 아래에 작은 글씨로 '학교를 지킨 특별한 공헌에 감사하며'라고 쓰인 금속판 하나뿐이었다. 이 차량에는 아무도 없었다. 하지만 플린은 오늘 아침 자기를 변호해 준 사람, 얼굴 절반이 일그러져 있던 남자가 떠올랐다. 마담 플로레트는 그를 컬리라고 불렀다. 이 금속판은 컬리에게 헌정한 거였다.

주방차 통로에서 문에 쪽지를 붙이는 두 학생을 만났다. (쪽지에는 '스웨덴 소시지'와 '스웨덴 꼬치'라고 쓰여 있었다.) 플린은 호기심에 차서 자신을 뚫어지게 바라보는 두 사람의 시선을 받으며 서둘러 식당차로 향했고, 거기서 다시 카페와 도서관까지 갔다.

수많은 차량의 유리창 덕분에 낡은 풍차와 좁은 집들이 늘어선 도시 근교 풍경이 한눈에 들어왔다. 창틀 아래 가장자리에 아름다운 글씨로 '데벤테르'라고 쓰여 있었다. 플린이 걸어가는 도중에 글자들이 조용히 흩어지더니 유령의 손이라도 빌린 듯 '아펠도른'이라는 글자가 다시 나타났다. 플린은 팔랑이는 글자들을 한참이나 바라보고 나서야 겨우 시선을 돌렸다.

플린은 다음 차량 중 한 곳에서는 욘테를 만나길 바랐다. 오빠는 이 기차 어딘가에 분명히 있을 거야. 혹시 위대한 미래를 위해 지금 공부하는 중일까?

금요일이었지만 플린은 오전에 페도르와 시간을 보냈기 때문에, 학교 생활에 대해서는 지금까지 알아낸 게 별로 없었다. 다음 차량 앞쪽 승강단에 가서야 자신이 실제로 기숙학교 통로에 있다는 사실을 확실하게 깨달았다. 철문 위에 걸린, 비바람에 휘어진 빛바랜 표지판에 '영웅'이라고 쓰여 있었다.

어젯밤에 플린이 부딪친 것은 비스듬하게 경사진 구식 책상들이었다. 책상에는 초록색 전등갓을 쓴 독서용 스탠드가 놓여 있었다. 파란색 칠이 된 천장에는 별자리들이 반짝였고, 선반에는 온갖 트로피들이 빛을 내뿜었다. 하지만 플린은 사방을 둘러볼 시간이 없었다. 차량 뒤쪽에 앉아 대화를 나누던 공작 네 명이 —모두 최소한 열다섯 살은 되어 보였다— 플린이 들어서자마자 입을 다물었기 때문이다. 플린은 서둘러 그들을 지나갔다.

그 다음 문에 걸린 표지판은 '예의범절', 그리고 '전략과 낙관'이었다. 교실을 급하게 떠날 이유가 없다는 듯이 이곳에도 학생들이 무리 지어 책상 주위에 앉아서 이야기를 나누고 있었다. 여기도 욘테와 비슷하게 생긴 사람은 아무도 없었다.

플린은 공작들이 눈길만으로도 자기 목덜미를 움켜쥐기라도 한다는 듯이 어깨를 잔뜩 움츠렸다. 그리고 수많은 차량들을 지나, '학생용 침대차'라는 표지판이 있는 철문까지 갔다. 어젯밤에 본, 차량마다 여섯 개의 칸막이 객실과 좁고 조용한 통로가 있던 차량들이었다.

침대차에 더 깊숙하게 들어갈수록 속이 더 메슥거렸다. 욘테 오빠는 어디 있을까?

이곳 통로에는 공작들이 거의 들락거리지 않았다. 딱 한 번, 엉덩이까지 내려오는 긴 머리 여학생 두 명이 킥킥거리며 플린을 지나갔을 뿐이다.

플린은 세 번째 침대차에서 멍하니 멈춰 섰다. 지난밤처럼 통로에는 차분한 정적이 가득했다. 무척 아늑했지만 세상과 단절된 느낌도 들었다.

맞은편 유리창을 통해 흐릿한 사각형 형태로 들어오는 뿌연 오후 햇살을 받아 미닫이문 양쪽의 금속 로고가 빛났다. 플린은 햇살에 눈을 깜박였다. 욘테도 분명히 이곳에 있을 터였다. 아니라면 기차를 통과하여 여기까지 오는 동안 벌써 만났을 테니까.

플린은 떨리는 가슴으로 손을 들어 아무 칸이나 노크했다. 손가락 마디는 그다지 큰 소리를 내지 못했다.

플린은 온 힘을 짜내어 다시 두드렸다.

아무 반응도 없었다.

통로를 세심하게 살펴보는데, 쿵쿵 뛰는 자신의 맥박이 귀에서 느껴졌다. 이곳은 유리창 사이 벽에 수많은 흑백사진이 걸려 있을 뿐 텅 비어 있었다.

플린은 재빨리 손잡이를 잡았다. 칸막이 객실 문이 부드럽게 덜컹이며 열리자, 정신없이 너저분한 작은 객실이 눈에 들어왔다. 유리창 양쪽으로 벙커 침대 두 개가, 그리고 그 아래에는 작은 옷장이 있었다. 그 사이에 있는 책상에는 음료수 캔이 쌓였고, 양탄자가 깔린 바닥에는 지저분한 양말들이 놓여 있었다. 보나마나 남학생 칸이었다. 플린은 잠시 망설였다. 앞쪽의 두 침대차는 분명히 여학생 칸이었을 것이다. 그러니 이 차량과 다음 차량은 플린이 찾는 장소가 맞았다. 그런데 이제 뭘 해야 할까? 욘테의 객실이 어딘지 알아내려고 칸마다 모두 뒤질 수는 없는 노릇이었다. 안 그런가?

그렇게 망설이고 있는데 통로 입구 쪽 철문이 열리더니, 덩치 크고 흐릿한 형체가 외부 승강단에서 차량 안으로 들어섰다.

플린은 햇빛 때문에 눈을 깜박였다. 얼굴 반쪽이 일그러진 남자, 컬리였다. 컬리는 잘 접힌 옷 무더기를 겨드랑이에 끼고 있었다.

플린은 자기가 열어 둔 객실 문에서 최대한 빨리 물러섰다. 컬리는 바로 앞까지 와서 멈춰 서서 일단 문을 보고, 플린에게 시선을 돌렸다.

"안녕하세요?"

새된 소리로 인사를 건넨 플린은 불안해 보일 자신의 모습에 짜증이 났다.

남자가 곰을 연상시키는 끄응, 소리를 냈다.

"네가 잘 곳은 여기가 아니야."

그가 턱으로 열린 문을 가리키며 으르렁거려서 플린은 고개를 끄덕였다.

"알았어요."

컬리가 그런 느긋한 표정은 통하지 않는다는 듯이 플린을 뚫어지게 쏘아봤다. 그의 작은 눈은 독수리눈처럼 매섭고 날카로웠다. 플린은 자신이 끔찍할 만큼 보잘것없고, 아주 높은 곳에서 감시당하는 듯한 기분이었다.

"쿨리코프의 해먹도 아니고."

컬리가 덧붙였다.

플린은 뺨이 붉어지는 걸 느꼈다.

"알았어요."

그래서 의식적으로 여유 있게 대답하고는 눈길을 내리깔았다.

솔직하게 말하자면 플린은 컬리가 친절한 선생님일 거라고 생각했다. 이제 그 짐작은 착각이었음이 밝혀졌다.

투덜거리는 남자의 목소리는 가까이 다가오는 천둥처럼 들렸다.

"따라와."

컬리는 이렇게 명령하고는 플린이 따라오는지 어쩐지 살피지도 않고 쿵쿵 소리를 내며 통로를 걸어갔다.

78 플린은 팔에 소름이 돋은 채 남자의 뒷모습을 잠시 바라보다가,

1미터 거리를 두고 그를 따라서 남학생용 침대차 두 대를 지났다.

"지시는 받았니?"

컬리가 계속 걸으면서 물었다.

"뭘…… 받았냐고요?"

플린은 당황해서 되물었다가 만약의 경우에 대비해서 덧붙였다.

"다니엘이 나더러 여기 있어도 된다고 했어요."

컬리는 마음에 들지 않는다는 듯이 투덜거리더니, 옷 무더기를 다른 쪽 겨드랑이로 옮기고서 하나하나 열거하기 시작했다.

"아침 식사는 주중에 6시 30분부터 8시까지, 점심은 12시 30분부터 13시 30분까지, 저녁은 19시부터 20시까지야. 주말 저녁 뷔페는 마담 플로레트가 설거지할 누군가를 골라낼 때까지 대부분 차려져 있어."

그가 즐거운 듯 코를 씩씩거렸다.

"취침은 22시. 그 시각 이후에 침대차 외부에서 걸리면 골치 아픈 일이 생겨."

컬리가 돌아보며 어깨 너머로 경고의 눈길을 보냈다. 그가 말하는 걸 하나도 놓치지 않으려고 애쓰던 플린은 비틀거리다가 가까스로 몸을 다시 추슬렀다.

"수업은 월요일부터 금요일까지, 8시부터 12시 30분까지다. 하루에 한 과목씩."

그가 발걸음을 멈추더니 플린에게로 몸을 돌렸다.

"하지만 이건 너한테는 해당하지 않겠지."

"어…… 예, 아닐 거예요."

하마터면 컬리의 발을 밟을 뻔한 플린이 더듬더듬 대답했다.

두 사람은 이제 통로가 조용하고 칸막이 객실들의 문이 닫힌 또 다른 침대차에 도착했다.

"이곳은 교사용 침대차야."

그가 이렇게 설명하고서 통로 앞쪽에 있는 객실 문을 열었다.

"여긴 마담 플로레트의 객실이지. 넌 여기서 자."

그가 객실로 들어가서, 침대보가 없는 유리창 오른쪽 침대에 방금 다림질한 옷 무더기를 내려놓았다.

플린은 깜짝 놀라서 객실을 둘러봤다.

"마담 플로레트는 나를 아주 싫어해요!"

미처 억누를 사이도 없이 말이 튀어나왔다.

"난 그분과 같은 객실을 쓸 수 없다고요!"

컬리가 툴툴거리며 대답했다.

"마담 플로레트가 그걸 확실하게 원했어. 뭐든지 감시하고 싶어 하니까."

그러고는 플린의 놀란 얼굴을 못 본 척한 채 말을 이었다.

"귀마개를 하고 자는 게 좋을 거야. 마담은 코를 골아."

플린이 항의하려고 입을 열었지만 컬리는 이미 제 갈 길을 가고 있었다. 플린이 할 말을 찾기도 전에 차량 끝에서 철문이 쾅 닫히는 소리가 나더니 그는 사라지고 없었다.

플린은 벼락이라도 맞은 듯한 표정으로 텅 빈 긴 통로에 서서, 먼지 한 톨 없이 깔끔하게 정리된 마담 플로레트의 객실을 쏘아봤다. 이곳에는 벙커 침대 대신 평범한 침대가 유리창 양쪽으로 놓여 있었다. 한쪽 침대에는 금빛 침대보가 덮여 있었는데, 실 한 올 한 올이 햇살에 진짜 귀금속처럼 빛났다. 다른 쪽 침대에는 새털 이불이 돌돌 말린 채 머리맡에 놓여 있었다.

"참 재미있어지네."

플린은 이렇게 중얼거리며 객실 안으로 터덜터덜 들어갔다. 마치 컬리가 벙커 침대에서 잘 기회와 함께 플린의 기력도 모두 가져가 버린 것처럼 불현듯 피로가 몰려왔다.

플린은 잘 정리된 마담 플로레트의 책상과 그 위에 놓인 커다란 지도, 뾰족하게 깎은 연필들을 별 흥미 없이 둘러봤다. 객실에는 누군가 머물고 있는 흔적이 거의 없었다. 사진도, 장식도 없이 전부 새것인 무균실처럼 보였다.

마담 플로레트가 낮에는 객실에 오지 않았으면 좋겠는데……. 플린은 미닫이문을 닫고, 고양이처럼 웅크리고 침대에 누웠다. 통로에서 산발적으로 들리는 목소리와 발소리가 기차 바퀴의 덜컹거림처럼 흐릿하게 울렸다. 몇 초에 한 번씩 선로 이음 부분을 지날 때마다 기차 바퀴가 '달칵' 소리를 냈다.

외로웠다. 페도르는 하루 종일 일을 해야 했다. 이 기차 안에 페도르 말고는 함께 시간을 보낼 만큼 잘 아는 아이가 한 명도 없었다. 욘테 오빠에 대해 물어볼 수 있을 만큼 믿을 만한 누군가가 있다면 얼마나 좋을까.

왜 아직도 오빠를 못 만난 거지? 오빠라면 바이덴보르스텔에서 무임승차한 승객에게 가장 먼저 관심을 가졌을 텐데.

"두려움 없이 용감하게!"

플린이 중얼거렸다.

그러고는 선로 이음 부분을 두 번 더 지나고서 잠이 들었다.

몇 시간 후, 상당히 먼 거리를 더 달린 후에 플린은 집에 왔다는 기분을 느끼며 잠이 깼다. 편안하게 한숨을 내쉬며 반대쪽으로 돌아누워 이불을 코끝까지 끌어올렸다. 익숙한 냄새가 풍겨 왔다. 계피와 건초와 캐러멜이 섞인 냄새였다. 그 냄새는 한없이 긴 바이덴보르스텔의 여름과 바람이 머리를 스칠 때 머리카락을 비추던 햇살을 떠오르게 했다. 이 느낌이 꿈이 아니라는 걸 깨닫기까지 2초쯤 걸렸다. 이 느낌은…….

"욘테 오빠!"

플린은 순식간에 벌떡 일어나 앉았다. 눈이 부셨다.

넘어가는 뜨거운 햇살이 가물거리며 유리창으로 들어와 객실을 오렌지색으로 반짝반짝 물들였다. 플린은 손차양을 하고 자그마한 객실을 둘러봤다. 혼자였다.

객실은 조용했고 변한 거라고는 전혀 없어 보였다. 연필들도 몇 시간 전과 마찬가지로 지도 옆에 가지런하게 정리되어 있었다. 마담 플로레트의 침실용 탁자에 놓인 구식 알람 시계를 보니 저녁 식사 시간이었다. 혀에서 심장 박동이 느껴졌다. 경악과 불안이 뒤섞인 혼란스러운 맛이 났다.

'욘테 오빠는 여기 없어. 이 객실에 없다고.'

플린은 억지로 이해하려고 애썼다. 오빠가 여기 왔더라면 뾰족하게 깎인 연필들이 딱딱한 정도에 따라 정리된 채 그대로 있을 리가 없잖아. 오빠는 뭐든지 그대로 두는 법이 없는데.

몸을 뻗자 이불이 바닥으로 떨어졌다. 잘 때 덮은 게 새털 이불이 아니라는 걸 그제야 깨달았다. 컬리가 준 것은 체크무늬 셔츠였다. 그 셔츠가 욘테 체취를 풍긴 거였다!

플린은 침대에서 벌떡 일어나 셔츠를 집어 올렸다. 물에 빠진 사람이 보트를 잡듯 노란 천을 움켜쥐고 옷깃과 단추와 소매를 살폈다. 그래, 이 셔츠는 욘테 오빠 거야! 플린은 오빠의 머리글자를 알아봤다. 소맷부리에 초록색 실로 수놓은 J와 N이었다. 사라지던 날 밤에 오빠는 이 셔츠를 입고 있었다.

플린은 심호흡을 했다. 컬리라는 사람과 이야기해 봐야 해. 그 사람이 나에게 우연히 욘테 오빠의 셔츠를 가져다줄 리 없어. 욘테 오빠가 어느 객실에 있는지 분명히 알려 줄 거야.

플린은 객실 문을 열어젖히고 통로로 달려 나가다가 덩치가 크고 다부진 사람과 정면으로 부딪쳤다. 컬리였다!

플린이 비틀거리며 뒤로 물러나자 그가 뭔가 툴툴거리는 소리를 냈다. 겨드랑이에 또 천 무더기를 끼고 있었는데, 이번에는 모두 청록색이었다.

"이 셔츠 주인과 이야기해야 해요. 꼭!"

플린이 이렇게 고함을 치며 컬리 코밑에 셔츠를 들이밀었다.

컬리는 이 아이가 제정신인가, 하는 표정으로 플린을 빤히 내려다보다가 투덜거렸다.

"어려울 거야. 이 셔츠들은 남은 물건이니까."

플린은 이맛살을 찌푸리며 물었다.

"무슨 뜻이에요? 남은 물건이라니."

조금 전까지 느꼈던 힘이 실망으로 변해 얼음물처럼 혈관 속으로 사라졌다.

"너랑 상관없는 일이다!"

컬리가 고함을 치더니 다부진 어깨를 으쓱하고서 하나하나 세어 가며 설명했다.

"그냥 남은 물건들이야. 아무도 찾아가지 않는 습득물, 더는 갖기 싫다고 버린 것, 공작들이 기차를 완전히 떠나면서 남긴 물건."

플린은 소름이 끼쳤다. 무서운 예감이 심장으로 들어와, 처음에는 그냥 짐작만 하다가 나중에 알게 되는 진실처럼 뿌리를 내렸다. 오빠는 이 기차에 없어. 옷만 있는 거야. 그저…… 남은 물건만.

"그럴 리 없어요!"

플린이 나지막하지만 단호하게 말했다.

"월드 익스프레스를 떠나려고 하는 사람이 어디 있어요? 바보 같은 짓이지!"

컬리는 아무 말도 없이 플린을 빤히 바라봤다. 이 아이가 남자인지 여자인지 여전히 궁금해 하는 표정이었다. 플린은 분노가 치밀었다. 그래서 더는 묻지 않고 쿵쾅거리며 컬리를 지나쳐 다음 차량으로 건너갔다.

솔직하게 말하자면 플린은 컬리의 말이 사실이라고 생각했다. 욘테 오빠가 기차에 타고 있다면, 몇 분 전에 마담 플로레트의 객실에서 나를 깨운 건 오빠였을 거야.

　　　그저 오빠의 체취가 아니라.

마법 2.0

플린이 저녁 식사를 하려고 식당차에 들어갔을 때, 그곳은 이미 학생들로 가득했다. 오렌지색으로 빛나는 저녁 햇살이 식탁에 놓인 물병에 반사되고, 학생들의 얼굴과 그들이 맨 금빛 넥타이에 줄무늬를 만들며 반짝였다. 학생들은 저녁 식사를 위해 일부러 그 넥타이를 맨 듯했다. 식당차로 오면서 감기에 걸리지 않게 거의 모든 학생이 청록색 스웨터나 긴 조끼를 입고 있었다.

플린은 무리의 끝에 멈춰 섰다.

이 학생들은 모두 위대한 미래를 앞두고 있어. 그리고 모두 그걸 믿지. 어떻게 그럴 수 있을까? 욘테 오빠는 어떻게 믿었을까? 아무리 둘러봐도 욘테는 보이지 않았다. '남은 물건'이라는 말이 플린의 마음 깊이 파고들었다.

뷔페 옆에 마담 플로레트가 서 있었다. 마담은 플린을 보자마자 학생들을 향해 입을 뗐다.

"존경하는 공작 여러분, 유네스 카심! 내 말 들어요! 교사와 승무원의 자격으로 여러분에게 알립니다. 그런데…… 유네스 카심, 머리카락을 파랗게 염색해도 된다고 누가 허락했죠?"

마담 플로레트는 플린을 뷔페 앞으로 떠밀었다. 그래서 플린은 호밀빵 바구니와 너무 오래 끓인 듯한 완두콩 수프 냄비 옆에 서게 됐다.

"알려야 할 소식이 있어요……. 즐거운 마음으로 알리는 게 결코 아닙니다……. 오늘 아침부터 이른바 '승객' 한 명이 이곳에 타고 있답니다. 플린나 이티겔이에요. 한동안 여기 머물겠지만, '눈에 띄지 않게 행동'할 거예요."

아이들이 웅성거렸다. 플린의 귀에 '승객'이라는 단어가 여러 번 들려왔다. 어떨 때는 미심쩍고 또 어떨 때는 호기심을 보이는 말투였지만, 어쨌든 이곳에 속하지 않는 누군가를 부르는 명칭처럼 들렸다.

욘테 오빠가 학생들 틈에 있었더라면 이 소란을 분명히 잠재웠을 텐데. 오빠가 나라면 무슨 말을 했을까?

"나는 '승객'이 아니라 안개 공작이에요."

플린이 힘겹게 말했다.

잠시 정적이 흘렀다. 그러다가 플린 바로 앞에 있던, 키 크고 날씬한 여자아이가 새된 소리를 내며 웃음을 터뜨렸다. 올리브색 피부와 긴 머리카락 덕분인지, 플린보다 훨씬 성숙해 보였다. 무척 자신감 넘치는 여자아이들만 쓰는 하얗고 좁은 안경을 쓰고 있었다.

몇몇 남자아이들도 그 웃음에 동참했다.

"너, 금방 훈장을 하나 받았구나."

그 여자아이가 경멸하듯이 이렇게 말하고는 접시에 음식을 담으려고 플린을 지나쳐 갔다.

"가라비나, 잘했어."

머리를 짧게 자른 깡마른 남자아이가 여자아이를 칭찬했다.

플린은 입을 열었다가 다시 닫았다. 그러고는 뺨이 벌게진 채 접시를 하나 집어 걸쭉한 수프를 조금 담았다. 아이들 무리에서 막 나오려는데, 마담 플로레트가 유네스 카심이라고 부르며 파란색 머리카락 염색 때문에 경고했던 굼뜬 남자아이가 플린의 팔꿈치를 세차게 쳤다. 플린은 발이 꼬여서 비틀거리는 바람에, 접시에 담겨 있던 내용물을 그 얄미운 가라비나라는 여자아이의 청록색 블라우스에 쏟았다.

'아, 안 돼. 안 돼, 안 돼, 어떡하지.'

그 여자아이가 입을 꾹 다물고 자기 몸을 내려다봤다. 베이컨 덩어리들이 블라우스에서 바닥으로 소리 없이 떨어졌다. 식당차는 쥐 죽은 듯이 조용해졌다.

가라비나가 아주아주 천천히 고개를 들어 올리더니 플린을 쏘아봤다. 플린을 달로 날려 버리고 싶은 표정이었다. 가라비나는 나지막하게 말했다.

"이 옷은 카발리가 특별 제작한 거야."

플린은 뭐라고 대답해야 할지 알 수 없었다. 카발리가 누군지도 잘 몰랐다. 디자이너라기보단 서커스 단원 이름처럼 들렸다. '어려운 환경에서 자란 아이들……'이라던 다니엘의 말이 떠올랐는데 그건 아무래도 좀 농담 같았다. 지금 눈앞에 있는 이 아이는 부유한 계층의 옷과 자신감을 명백하게 티 냈으니까.

"아, 그래? 다른 아이들 셔츠랑 똑같아 보이는데."

87

플린이 대꾸했다.

가라비나는 플린이 "어머, 우와. 카발리 거야? 너, 여신이구나!" 이렇게 감탄했더라면 아마도 용서해 줬을지도 모른다. 하지만 플린은 그런 말을 할 아이가 아니었다. 플린은 마치 이 차량에 갑자기 산소가 부족하다는 듯, 주변에 있던 학생들이 모두 숨을 멈추는 걸 깨달았다. 파란 머리 소년만 잘됐다는 듯 킥킥거렸다. 플린은 그 남자아이가 왜 자기 잘못이라고 인정하지 않는지 짜증이 났다.

가라비나는 돌처럼 굳은 얼굴로 플린을 노려보다가 새된 소리를 내질렀다.

"카발리 부티크에 들어가 본 적도 없는 아이에게 그런 소리를 듣고 싶지 않아. 들어가 본 건 고사하고, 당연히 바깥에서 구경한 적도 없겠지!"

플린은 침을 꿀꺽 삼켰다. 플린이 대답하지 못하자 가라비나는 의기양양한 표정을 짓고 새빨간 펌프스로 또각또각 소리를 내며 그 자리를 떴다. 그 뒷모습을 바라보던 플린은 오물을 잔뜩 뒤집어쓰고도 영화에나 나올 법한 퇴장 장면을 연출해 내는 그 아이의 능력이 너무나도 부러웠다. 부유한 사람들이 지닌 태도가 분명했다.

플린은 천천히 숨을 내쉬었다. 어쨌든 '저' 아이는 자기 자신을 믿는구나. 약간 지나친 것 같긴 하지만.

"별 말씀을."

옆에 있던 파란 머리가 플린이 마치 한숨을 내쉰 게 아니라 "고마워."라고 감사 인사라도 했다는 듯이 말했다.

플린은 미심쩍은 눈길로 그 아이를 바라봤다. 교복 바지에 가득한 사인펜 낙서와 징이 주렁주렁 매달린 팔찌가 아니었다면 《천일야화》의 등장인물 중 하나를 연상하게 했을 만한 아이였다.

파란 머리는 플린이 다시 접시에 음식을 담을 때까지 기다렸다가, 아무 말 없이 통로 제일 끝에 있는 식탁으로 데리고 갔다.

"만점이야!"

이미 그곳에 앉아서 만족스러운 듯이 생글거리고 있던 어떤 여자아이가 말했다.

눈에 띌 만큼 밝은 머리카락을 짧게 자른 헤어스타일 때문에 플린이 이미 아침에 유심히 봤던 아이였다. 피부가 눈처럼 하얗고, 교복 차림인데도 무척 알록달록한 분위기여서 물감을 쏟아 부은 화폭을 연상시켰다. 짤랑거리는 수많은 팔찌와 목걸이를 하고, 밝은 머리카락에는 연한 빨강 눈동자와 어울리는 진빨강 리본을 달고 있었다. 바닥까지 내려오는 식탁보 아래로 수풀처럼 푸르른 낮은 굽 부츠가 살짝 엿보였다.

"가라비나는 끝났어."

그 여자아이가 즐거운 표정으로 당첨된 복권을 보듯이 플린을 쳐다봤다.

"나는 룩셈부르크에서 온 페그스 하벨만이야. 방금 너를 입양하기로 결심했지. 그런데 넌 왜 차표가 없어? 내 차표는 반짇고리에 넣어 뒀어."

플린은 그 아이에게 대답을 하려고 부담스러운 마음으로 입을 열었다. 페그스의 목소리는 종소리처럼 맑았고, 파자마 파티와 우정의 팔찌 엮기 등을 떠오르게 했다. 플린은 이런 걸 어떻게 다뤄야 할지 몰랐다.

"일단 플린나더러 앉으라고 해."

파란 머리의 유네스 카심이 눈을 흘기며 끼어들었다. 플린은 그의 옆에 자리를 잡았다.

"그건 그렇고, 내 차표는 개가 주둥이에 물고 있어."

카심이 재빨리 덧붙였다.

플린은 입을 다시 닫았다. 혀에서 납처럼 불안한 맛이 느껴졌다. 플린은 또래랑 어떻게 대화해야 하는지 알지 못했다. 아니, 다른 사람들과 대화를 나누는 법을 전혀 몰랐다. 욘테가 사라진 뒤로 대화하는 걸 잊어버린 느낌이었다.

"난 플린이야. 플린나가 아니라."

이런 느낌을 극복하고 플린이 말했다.

카심이 웃음을 터뜨렸다. 즐겁기도 하고 짜증이 난 것 같기도 했다. 플린은 예전 학교 아이들처럼 자기 이름을 놀리려는 줄 알고 겁이 났지만, 카심은 전혀 다른 이야기를 했다.

"마담 플로레트의 전형적인 행동이야. 다들 나를 카심이라고 부르는데, 마담은 언제나 유네스 카심이라고 불러. 내가 백 번도 더 얘기했고 지금도 계속 말하지만, 백 번도 더 넘게 대답하더라. 내 차표에 유네스 카심이라고 쓰여 있다고, 그러니 그대로 불러야 한다는 거야."

바로 그 순간 마담 플로레트가 그들의 식탁 옆에 서더니, 플린을 포함하여 차량 전체를 긴 강연으로 고문하기 시작했다. 짙어진 황혼이 올이 풀린 담요처럼 수평선에 가닥가닥 풀어질 때, 월드 익스프레스 식당차에서는 마담의 날카로운 목소리가 울려 퍼졌다.

"1번 규칙! 차량 안에서나 연결 발판에서 달리거나 껑충 뛰거나 다른 사람을 밀치지 말 것!

2번 규칙! 취침 시간인 22시부터 6시까지는 침대차에서 나오지 말 것!

3번 규칙! 기차 내부 정보를 승객에게 전하지 말 것!

4번 규칙! 전기로 작동하는, 여러분 모두 아주 좋아하는 그 현대식 기계를 사용하지 말 것!"

플린은 깜짝 놀랐다. 이 우스꽝스러운 규칙들은 뭐지?

"이른바 '마지막 차량'이라고 불리는 곳에 출입 금지!"

학생들 머리 위에 마담 플로레트의 목소리가 천둥처럼 울렸다.

"허락 없이 마법 공학적 발명품에 손대지 말 것. 여러분은 이 물품들에 관한 전문 지식이 없다는 점을 명심해요."

"마법 공학? 그게 뭐야?"

플린이 궁금한 눈길로 페그스와 카심을 바라봤다.

"플린, 미안해. 우린 너한테 그걸 설명해 주면 안 돼. 너는 그저 승객에 불과하니까."

페그스가 턱을 치켜들고 말했다. 연한 빨강 눈동자가 경고하듯 반짝이고, 눈처럼 하얀 뺨이 붉게 물들기 시작했다. 금지된 무언가를 이제 막 행하려는 기쁨이나 두려움, 둘 중 하나인 것 같았다.

카심은 짜증 섞인 신음 소리를 냈다. 자기 수프를 이미 다 퍼먹은 그의 애타는 눈길이 마담 플로레트를 지나 뷔페로 향했다.

플린은 아직 그대로인 자기 접시를 카심에게 밀어 주며 혼잣말처럼 말했다.

"나는 안개 공작이야. 기차를 볼 수 있어."

카심은 놀란 얼굴로 플린의 접시를 내려다보고는 어깨를 으쓱했다. 그러고는 규칙을 별로 중요하게 생각하지 않는 듯, 플린에게 설명하기 시작했다.

"이 기차는 마법 공학으로 가득해. 다니엘 사무실에 있는, 침입을 알려 주는 안전등 험프리 램프부터 도서관에 있는 짜증스러운 만년필에 이르기까지 말이야. 마법 공학은 마법 2.0이야. 대단하지. 안 그래?"

카심이 불쑥 덧붙이는 바람에 플린은 깜짝 놀랐다.

플린은 짜증스러운 만년필이나 험프리 램프가 뭔지 몰랐지만, 흥분한 새처럼 심장이 파닥거렸다.

'마법이래! 마법 공학적 기차!'

페그스의 화난 목소리는 플린에게는 그저 멀리서 흐릿하게 울리는 소음에 불과했다.

"승객에게 그런 걸 말하면 안 돼!"

플린은 누군가가 자기 얼굴에서 베일을 벗겨 준 것처럼 눈을 깜박였다.

"마법 공학."

단어 자체도 도무지 믿을 수 없어서 플린은 그 말을 따라했다. 하지만 말을 하는 동안에 이미 그게 사실임을 깨달았다. 자기 눈으로 직접 목격하지 않았던가. 도서관 천장의 세계 지도는 저절로 움직였다. 경찰도 엄마도 욘테 오빠의 엽서에서 기차를 알아보지 못했다. 카페에 있는 연기 나는 선반들. 페도르가 한 말도 있었지?

"월드 익스프레스는 다른 기차들을 노련하게 비껴가. 완전히 마법이지."

마담 플로레트가 규칙을 계속 낭독했다.

"특별 허가가 없는 한 지붕에 올라가지 말 것……. 이티겔, 듣고 있어요? 허락 없이는 주방과 창고에 출입하지 말 것……. 파쿠르 대결 금지……. 내기 금지……. 손전등 또는 밤에 돌아다니는 데 도움이 되는 모든 물건 소지 금지……. 내가 여러분 객실을 검사한다는 걸 명심해요!"

플린은 마담 플로레트의 말에 귀를 기울이지 않았다.

'마법!'

플린은 지난 세월 동안 먹은 마른 빵이 배에 가득 들어 있는 듯한 기분을 느끼며 차량을 둘러봤다. 통유리 전망창은 유리가 아니라 저녁 이슬로 만들어진 것처럼 영롱하게 빛났다. 바깥에선 밤이 잉크 얼룩처럼 나무 위로 번져 갔다. 덜컹거리며 움직이는 차량 안엔 나뭇가지 그림자들이 유령의 손가락처럼 식탁 위를 스쳐 갔다.

"록밴드 팬 셔츠 착용 금지!"

마담 플로레트가 계속 낭독했다.

"27번 규칙! 유리창 바깥으로 오줌 누는 것 금지. 특히 전속력으로 달릴 때는 더더욱 금지."

'마법!'

플린의 머릿속에 이 단어는 '아늑한'이라는 단어 바로 옆에 자리 잡았다. 아주 멋지고, 미래를 약속하는 것처럼 들렸다. 또 오직 진실만이 낼 수 있는 바삭거리는 소리도 냈다.

'마법.'

이곳에서 마법을 믿기란 어렵지 않았다.

그럼에도 플린은 텅 비었던 지난 2년보다 더 외로운 기분을 느꼈다. 오빠는 어쩜 나도 없이 떠났을까? 게다가 이런 장소로 오면서!

차량 외부의 저녁은 차고 축축했고, 컴컴한 플랑드르 하늘 위를 어둑하게 지나갔다. 끝없이 이어지는 들판에 나무들이 잎사귀를 흔들며 서 있었다.

플린이 저녁 식사 후에 차량들 사이의 외부 승강단으로 페그스와 카심을 따라갔을 때, 그러지 않아도 빗질하지 않아 지저분한 머리카락이 기차가 일으키는 축축한 바람에 더욱 심하게 헝클어졌다. 플린은 한숨을 내쉬었다. 욘테에게 화가 났던 마음은 씁쓸한 실망으로 바뀌었다. 오빠는 나를 홀로 내버려 둔 거야. 나 없이 혼자 이 학교로 왔어. 왜 나를 데리고 오지 않았을까? 욘테의 팔을 꽉 붙잡고 세차게 흔들고 싶었다. 여기 있기만 하다면…….

페그스가 셋 중에 제일 먼저 다음 차량 승강단과 이어지는 금속 발판을 지나는 동안 플린은 걸음을 멈췄다.

세 사람의 앞뒤에서 육각형 외등이 나지막하게 깜박이는 소리를 내며 켜졌다. 램프 안에는 전구도, 촛불도 보이지 않았다.

'마법이야.'

플린은 감탄했다.

"저녁 식사를 하지 않은 학생도 있어?"

플린이 망설이다가 물었다. 페그스와 카심에게 욘테에 대해 바로 묻는 건 오빠를 배신하는 일처럼 느껴졌다. 욘테와 플린은 언제나 입이 무거웠다.

페그스는 곰곰이 생각하는 표정을 짓다가 대답했다.

"이상한 질문이네. 아니, 없어. 정확하게 말하자면 야쿱은 식당차에 없었어. 그 아이는 익스프레스를 타기엔 너무 어린데, 고아이기 때문에 탄 거야."

"그리고 상당히 겁도 많지."

카심이 비웃었다.

"지난주에는 자기 침대 밑에 괴물이 있다며 무서워했어. 알고 보니 낡은 목욕 가운이었는데 말이야."

플린은 심장이 쿵 내려앉는 것 같았다. 컬리의 말이 맞았구나. 욘테 오빠는 여기에 없어. 만약 있다면 이제 2학년일 텐데. 도대체 어디 있는 걸까?

플린은 바지 주머니를 더듬어 자신의 마음을 안정시키는 엽서의 부드러운 모서리를 만지며 페그스를 따라 차량 연결 발판을 밟았다. 기차가 불빛으로 환한 브뤼셀의 마지막 언저리를 지나는 동안, 플린은 난간을 잡고 멈춰 섰다. 기차 배기가스와 들판의 맑은 공기가 윤활유의 무거운 냄새와 섞이고, 발밑에선 차량 연결 부위들이 삐거덕거리는 소리를 냈다. 외등 불빛에 이끌려 온 나방이 나지막한 쉬잇 소리를 내며 그을렸다.

플린은 소스라치게 놀라 소리쳤다.

"마법 공학이라는 건 '위험'하구나. 그렇지?"

두 걸음 앞에서 페그스가 휙 뒤돌아섰다. 연한 빨강 눈동자가 흐릿한 불빛에 맹수의 눈처럼 보였다.

"그런 말, '다시는' 하지 마."

페그스가 강력하게 경고했다. 플린은 침을 꿀꺽 삼키며 고개를 끄덕였다. 페그스는 플린의 반응을 보고 자기 모습이 얼마나 위협적이었는지를 깨달았는지, 고개를 저으며 덧붙였다.

"네가 그런 말을 하면 카심이 엉뚱한 생각을 한단 말이야."

"고맙긴 한데, 나는 남이 굳이 말을 하지 않아도 스스로 엉뚱한 생각을 한단다."

카심이 이렇게 대꾸하고는 플린을 지나쳐 페그스와 같이 다음 차량으로 들어섰다.

플린은 둘의 뒷모습을 바라보며, 저녁 비와 가을 냄새를 들이마셨다. 증기가 핼쑥한 구름처럼 스쳐 지나갔다. 플린은 자기 질문이 정곡을 찔렀다는 걸 깨달았다. 그런 느낌이 왔다. 바지 주머니에 있는 엽서를 천천히 잡았다.

마법 공학이 욘테 오빠에게 무슨 짓을 한 걸까? 아니면 '오빠'가 마법 공학에 뭔가를 한 건가? 플린은 위험과 관계있는 모든 것이 오빠를 마법처럼 끌어당긴다는 사실을 알고 있었다.

'이곳에서는 자기 자신을 믿기만 하면 뭐든지 가능해.'

플린은 이런 생각을 하며 결심했다.

'난 여기까지 왔어. 내가 밝혀낼 거야.'

긍정적인 결심을 하면서 플린은 페그스와 카심을 따라서 공작 휴게실까지 갔다. 청록색 소파와 낮은 탁자, 벽에 포스터들이 붙어 있는 밝고 넓은 공간이었다. 큰 웃음소리와 크림소다의 달콤한 향기가 밀려왔다. 플린은 억지로 미소를 짜냈다. 이곳은 아름다웠다. 하지만 늘 그런 건 아니란 생각이 기차 위의 증기 덮개처럼 플린의 머리 위에 두툼하게 드리워졌다.

플린은 페그스와 카심과 함께 공작 휴게실에서 멋진 저녁 시간을 보냈다. 알베르트 아인슈타인과 살바도르 달리, 마리 퀴리의 초상이 담긴 포스터가 밝은색 벽에 걸린 채 플린을 바라봤다. 아주 미세한 소리를 내는 모터가 달린 수제 종이비행기들이 공중을 날면서, 공작들이 크림소다 병을 흔들 때마다 거품을 쏘아 댔다.

차량 안에서는 바닐라와 가구 광택제 향기가 풍겼고, 유리창 너머에서는 기관차 증기가 유령 구름처럼 어두운 밤을 달렸다.

'아늑해.'

플린은 이날 저녁 처음으로 편안함을 느꼈다. 플린은 페그스와 카심이 좋았다. 오래된 사전과 부메랑을 좋아했듯, 이 둘도 자연스럽게 좋아졌다. 페그스가 즐겁게 수다를 떨면서 아무 생각 없이 자기 치맛단의 무늬를 잡아 뜯는 게 마음에 들었다. 카심이 긴 다리로 나른하고 느긋하게 소파에 앉아서, 파랗게 염색한 머리카락을 쓰다듬는 모습도 인상적이었다. 완벽하게 편한 듯했다. 그러나 이 편안한 분위기는 플린의 과거 이야기가 나오자 사라졌다.

플린은 이 주제의 99퍼센트를 차지하고 있는 욘테 오빠에 관한 이야기를 어떻게 숨겨야 할지 알 수 없었다.

다행스럽게도 페그스가 이 문제를 해결해 줬다. 페그스는 플린과 카심이 편안하게 앉아 있는 작은 소파들 사이에 놓인, 등받이가 없는 넓은 의자에 양반다리로 앉아 있었다.

"나는 너 같은 승객이 좋아."

페그스가 마치 낯선 인종을 보듯이 플린을 바라보며 말했다.

"넌 분명히 수학이나 뭐 그런 이상한 과목들을 아주 잘할 거야. 그렇지?"

플린은 당황해서 눈을 깜박이며 생각했다.

'나는 안개 공작이야. 승객이 아니라고.'

하지만 페그스에게 충고하는 건 포기하고 사실대로 대답했다.

"아니. 난 잘하는 과목이 없어. 왜 그런 생각을 한 거야?"

"왜긴, 수학이니까."

페그스는 플린이 자기 질문을 제대로 이해하지 못했다는 말투로 대답했다.

"내가 월드 익스프레스로 오기 전에 다녔던 학교에는 의미 없는 그런 과목들이 많았어. 학생들은 모두 생사가 달렸다는 듯이 거기 매달렸지. 상상이 돼?"

페그스가 말도 안 된다는 표정으로 고개를 저으면서 웃음을 터뜨렸다.

플린은 바보처럼 보이는 걸 감추려고 억지 미소를 지었다. 교실로 이어지는 철문에 쓰여 있던 '영웅'과 '예의범절', '전략과 낙관'이라는 단어들이 떠올랐다. 그러니까 정말 '영웅'은 월드 익스프레스의 정식 수업 과목이구나!

"여기 오기 전에 어떤 학교에 다녔어?"

플린이 카심에게 묻자, 그의 얼굴이 순식간에 돌처럼 굳어졌다. 카심은 질문을 못 들었다는 듯이 바깥의 암청색 풍경으로 시선을 돌렸다. 플린은 당황해서 페그스를 바라봤지만, 페그스는 그저 고개를 젓고는 뭔가 찾는 듯이 사방을 둘러보기만 했다.

한동안 불편한 침묵이 흘렀다. 플린은 더 나이 많은 공작들이 자꾸 자기를 바라보며 수군대는 소리를 들었다.

"어쩌면 호랑이 아이일지도 모르지. 알게 뭐야?"

"나는 저 애가 '영웅' 실험 가운데 하나라고 해도 놀라지 않을 거야. 우리가 탐구해야 했던 그 개구리처럼 말이지."

하지만 플린이 그쪽을 바라볼 때마다 공작들 모두 못 본 척했다.

플린은 욘테가 여기 없다는 걸 알면서도, 굴을 찾는 토끼처럼 학생들을 재빨리 훑어보는 걸 멈출 수 없었다. 오빠가 언젠가 여기 있었다면 —그건 분명해.— 뭔가 증거가 있을 거야…….

"라디오는 도대체 어디 있어? 음악이 좀 있다면 좋겠다."

페그스가 짐짓 쾌활한 소리로 말했다.

크림소다를 한 모금 마시던 카심이 코로 다시 내뿜었다. 카심은 크림소다 세 병을 카페에서 가지고 왔는데, 플린이 판단하기에는 금지된 행동인 것 같았다.

"절대 안 돼!"

카심이 원래 모습으로 돌아왔다.

"네가 좋아하는, 그 웃기는 헨젤과 그레텔 음악으로 우리 모두를 꼭 쫓아내야겠어?"

"그레틀 프뢸리히(독일 배우)야! '헨젤과 그레텔'은 험퍼딩크(인도 출신 영국 가수)가 불렀어! 플린, 너도 오페레타 좋아하지?"

페그스가 물었다.

"으음……."

플린도 크림소다 한 모금을 꿀꺽 마셨다. 가장 자주 사용하는 대답을 '으음'에서 다른 걸로 최대한 빨리 바꿔야겠다고 생각했다.

'두려움 없이 용감하게!'

플린은 속으로 스스로에게 용기를 북돋웠다. 그러고는 페그스와 카심, 자신을 번갈아 가리키며 물었다.

"왜…… 왜 '우리'야? 너희는 왜 나랑 같이 다녀?"

플린이 마지막으로 '우리'라고 말한 때로부터 벌써 2년이 지났다. 이번의 '우리'는 여전히 낯설었고, 지나치게 좋아서 사실이라고 믿기 어려웠다. 물론 몇 시간 전까지만 해도 친구와의 우정을 원했지만 이 정도로 자의식이 가득하고 느긋한 학생들이 자신의 어떤 점이 좋다는 건지 이해할 수 없었다.

"우리가 마음에 안 들어?"

카심이 물었다.

플린은 그의 목소리가 즐거운 건지 짜증이 났는지 갈피를 잡지 못했다.

"응, 아니. 그러니까 내 말은…… 마음에 들어! 그냥 내 생각에는 그저……."

"잘못 생각한 거야."

페그스가 끼어들었다.

"왕따였던 아이들로 가득한 기차에도 왕따는 있는 법이야."

페그스는 망사를 잔뜩 붙여 부풀린 무릎 길이의 교복 치마와 그 아래로 보이는 알록달록한 가로줄무늬 양말을 가리켰다. 페그스는 의심할 여지 없이 이 기차에서 가장 현란한 인물이었다.

"우린 네가 우리랑 어울린다고 생각했어."

카심이 이렇게 덧붙이고 초조한 얼굴로 팔찌를 만지작거렸다. 플린은 너무 당황해서 아무 대답도 하지 못한 채 두 사람을 빤히 바라봤다.

카심이 크림소다 병을 들고 물었다.

"우리를 위해 건배할까?"

"건배."

병이 서로 부딪치자 밝으면서도 육중한 소리가 플린의 마음 깊은 곳을 채웠다. 며칠이나 마음속에서 울려 퍼질 소리였다.

휴게실의 시끄러운 수다는 늦은 저녁에 길게 끄는 종소리가 기차에 갑자기 울리자 잦아들었다.

"이게 무슨 소리야?"

플린이 물었다. 길게 끌며 울리는 그 종소리는 안락한 집에서 큰 부분을 차지하는, 매시간 울려 퍼지는 괘종시계 소리를 연상시켰다. 플린의 머릿속에 '괘종시계'는 '아늑한'이라는 단어 바로 옆에 있었다.

"저녁 종소리야."

페그스가 설명했다. 세 사람은 자리에서 일어났다.

"22시 이후에는 침대차에서 나오면 안 돼. 이제 가자."

셋은 침대차로 건너가는 학생들 틈에 끼었다. 가면서 어둑한 통로와 칸막이 객실 3개가 있는 차량 하나를 지났다. 차량 앞쪽의 철문 위에 '동아리 차량'이라는 금빛 글자가 쓰여 있었다.

페그스는 부러운 눈길로 그 차량을 지나면서 한숨을 내쉬고는 설명했다.

"동아리 차량은 1학년에게 출입 금지야."

"그럴 줄 알았어."

플린이 대답했다. 이 학교는 '프로일라인 슐레히트펠트 행복학교'보다도 더 많은 규칙이 있다는 느낌을 점점 더 강하게 받았다. 뭔가 수상해!

페그스는 첫 번째 침대차에서 하품을 하며 두 사람과 작별하고 칸막이 객실 중 하나로 들어갔다.

플린과 카심은 욕실 앞으로 모여드는 공작들을 헤치며 지나가, 세 번째 침대차 앞에서 헤어졌다.

"마담 플로레트의 객실로 가야 하다니, 정말 안 됐다."

카심이 자기 객실 문을 닫기 전에 말했다.

"내가 너라면 차라리 통로에서 잘 거야."

플린은 우울한 표정을 지었다. 교사용 침대차의 철문을 밀고 들어가, 통로 앞쪽에 있는 안락한 욕실에 틀어박혔다. 보슬보슬한 양탄자와 열두 가지 종류의 비누가 크고 현란한 케이크 조각처럼 놓인 그곳에는 사치스러운 향기가 감돌았다.

플린은 욕실에 최대한 오래 머물러야겠다고 마음먹었다. 통로에서 밤을 보낼 기분은 전혀 들지 않았다. 객실에서 잠옷을 입은 마담 플로레트를 보고 싶은 마음 또한 없었다.

금빛 사자 발이 달린 욕조에 뜨거운 물을 받으면서 플린은 욘테 오빠를 생각했다. 오빠가 기차에서 지낸 시간을 알려 주는 증거가 필요했다.

학생이었던 욘테 오빠에게 이 안에서 무슨 일이 벌어진 걸까? 아니면 오빠도 나처럼 무임승차 승객이었나?

유리창 옆의 선반에 플린 이름이 쓰여 있었다. 거기서 부드러운 청록색 목욕 수건을 두 장 꺼냈다. 욘테 오빠도 2년 전에 이 수건을 받았을까?

욕조 가장자리에 있는 기묘한 기구를 멍하니 바라봤다. 비누 한 토막을 자동으로 욕조에 넣는 기구였다. 꼭 감자를 깎는 것 같다고 플린은 생각했다. 이런 건 바이덴보르스텔에 없어. 아마도 이 세상 어디에도 없을 거야. 욘테 오빠라면 이런 특별한 장소에 머물기 위해서 뭐든지 했겠지.

잠옷이 없었으므로 목욕을 마치고는 입었던 옷을 다시 입었다.

욘테의 엽서를 무릎에 놓고 편평하게 펴는 데 몇 분을 보내며, 뭔가 증거가 없을까 찾았지만 허사였다. 통로에서 차량 문이 열리는 소리가 들리자 플린은 엽서를 얼른 바지 주머니에 넣고, 머리카락을 문질러 말리고서 전등을 껐다.

그러고는 통로로 나섰을 때, 가라비나가 차량을 나가서 기차 끝쪽으로 향하는 모습이 눈에 들어왔다.

플린은 가라비나의 뒷모습을 빤히 바라봤다. 여기서부터는 학생들이 쓰는 차량도, 욕실도 없었다. 한밤중에 가라비나가 왜 여기

왔을까?

살짝 망설이다가 가라비나의 뒤를 밟았다. 가라비나가 뭔가 금지된 일을 하는 현장을 목격할지도 모른다는 희망이 22시 이후에 자신이 객실 바깥에서 발각되는 두려움보다 더 컸다. 다른 사람이 자기 약점을 쥐고 있다는 걸 깨달았을 때 가라비나의 표정이 과연 어떨지 궁금했다. 그렇게 되면 둘 사이에 힘의 균형이 약간 맞춰질 터였다. 플린은 그것 말고는 전혀 바라는 게 없었다. 마지막 잿빛 여명이 벨벳처럼 부드러운 까만색으로 바뀌었다. 차량을 나서자 바람이 서늘했고, 밤공기가 귓가에서 윙윙 울렸다. 플린은 서둘러 발판을 건너, 직원용 침대차로 들어섰다. 이곳은 교사용 침대차와 마찬가지로 간결하면서도 우아했다. 가라비나가 이곳에 있을 거라는 생각은 들지 않아서 얼른 다음 차량으로 넘어갔다.

이곳도 고요했다……. 기차 바퀴가 덜컹이는 소리도 잘 들리지 않아 적막하기만 했다. 좁은 통로를 지날 때는 발이 빠질 정도로 푹신한 양탄자 덕분에 발소리도 나지 않았다.

통로에는 문이 하나뿐이었다. 닫혀 있었고, 문 뒤의 공간이 무엇인지 알려 주는 표지판도 없었다. 기차의 다른 차량들에 비해 손잡이가 덜 닳았고, 수십 년 동안 아무도 이곳에 들어오지 않은 것처럼 공기가 가라앉아 있었다.

플린은 여기가 어딘지 번뜩 깨달았다. 마지막 차량이었다. 마담 플로레트가 뭐라고 낭독했더라? 7번 규칙인가 그랬지. 이곳은 금지된 공간이야. 가라비나가 여기서 무얼 하려는 거지? 가라비나는 보이지 않았다.

과거와 망각의 냄새를 풍기는 이 적막함 한가운데 있자니 기분이 이상했다. 그래서 얼른 직원 차량으로 돌아가야겠다고, 다음 날 페그스와 카심에게 이야기해야겠다고 마음먹었다. 둘은 가라비나가 밤에 뭘 했는지 기꺼이 상상해 보려고 할 테지.

플린은 재빨리 마지막 차량을 떠나서 직원용 침대차를 다시 통과했다. 교사용 침대차와 연결되는 승강단에 섰을 때, 철문에 난 작은 유리창에 불빛이 비쳤다.

그림자가 하나 보이더니 점점 더 커졌다. 마담 플로레트구나! 내가 객실에 없다는 걸 눈치챈 게 틀림없어.

"안 돼, 안 돼, 안 돼."

플린은 이렇게 중얼거리며 숨을 곳을 찾아 두리번거렸다. 나중에 마담에게 화장실에 있었다고 말할 수 있을 거야. 차멀미나 뭐 그런 것 때문에.

하지만 직원용 침대차의 칸막이 객실은 모두 닫혀 있었고, 마지막 차량에 침입하긴 싫었다. 그래서 두 차량을 달려서 통과하여 기차 마지막까지 갔다. 문을 휙 열어젖히고 숨을 헐떡이며 마지막 승강단으로 나갔다.

그곳은 마지막 승강단이 아니었다. 그리고 거기서 만난 사람은 마담 플로레트가 아니었다.

도서관의 호랑이

"안녕."

다니엘이 말을 걸었다. 그는 마지막 차량 뒤에 있는, 사방이 트인 길쭉한 차량에 서 있었다. 지붕이 있는 일종의 전망대였다.

다니엘은 플린이 쳐다보자 반쯤 피우던 담배를 재빨리 끄고 종이컵을 난간 너머로 쏟았다. 하지만 플린은 담뱃재로 차 있던 그 컵을 이미 봤다.

"네가 아직 잠을 자러 가지 않았을 거라고 짐작은 했다. 운명적인 날이었으니."

다니엘은 지금이 몇 시인지 모르는 듯했다. 아니면 그런 건 아무 상관도 없거나.

"으음."

플린은 자기가 곤란한 일에 직면했는지 어쩐지 몰라서 '으음' 소리만 냈다. 마지막 차량을 돌아보며, 마담 플로레트가 여기 자기가 있다는 걸 짐작도 하지 못하면 좋겠다고 생각했다.

"그렇게 생각하세요?"

"뭘?"

다니엘이 되물었다. 그는 마법 주사위를 손가락 사이에서 돌리듯이 담뱃갑을 돌렸다. 그러다가 자기가 지금 뭘 하는지 깨닫고는 담뱃갑을 재빨리 조끼 주머니에 넣었다.

"운명적인 날이라고요."

"흐음."

다니엘이 플린을 바라보며 대답했다.

"어쨌든 '우리'에겐 그랬지. 너는 그때 이후로…… 아니, 이 기차가 생긴 이후로 첫 번째 무임승차 승객이니까."

미소가 플린의 얼굴을 스치고 지나갔다. 그러니까 욘테 오빠는 정말로 차표를 가지고 있었구나! 당연히 그랬겠지. 오빠는 비범하고 재능이 있고 야심도 있었으니까. 자기 자신을 믿었고, 뭔가 할 수 있다고 생각했지. 다름 아닌 욘테 오빠니까.

"기차에서 지내는 시간은 언제나 운명적이란다."

플린의 미소를 본 다니엘이 기쁜 표정으로 말을 이었다.

"너와 같은 안개 공작도 마찬가지야. 그리고 그……."

다니엘이 입을 다물자 플린이 그의 기억을 도왔다.

"페도르."

그가 살짝 흠칫했다.

"페도르, 그래. 페도르. 그 아이는 석탄 소년으로 일하고 있어."

플린은 다니엘의 눈길을 따라 기차 바깥 밤 풍경을 바라봤다. 바람이 귓가에서 휘파람 소리를 내고, 전망대 승강단으로 물밀듯이 어둠을 몰고 왔다. 멀리서 어떤 도시가 끝없는 우주의 신기루처럼 반짝였다.

두 사람은 잠시 발밑에서 덜컹대고 딸깍거리는 바퀴 소리에 귀를 기울였다. 그러다 적막이 부담스러워진 플린이 헛기침을 했다.

다니엘은 마치 옆에 누군가 있었다는 걸 잊었다는 표정으로 플린을 내려다보다가 입을 뗐다.

"그러고 보니 우리가 너의 부모님에 대해서 전혀 이야기하지 않았구나."

"엄마요."

플린은 아버지가 없었다. 어쨌든 플린의 기억이 닿는 데까지 거슬러 가도 없었다.

"엄마, 그렇구나."

다니엘이 말했다. 그의 눈이 어두운 바다 위 등대처럼 빛났다.

"내가 조금 전에 국제 익스프레스 본부에 상황을 알렸단다. 월드 익스프레스와 관련이 있는 일은 뭐든지 거기서 처리하지. 네 엄만 지금쯤 연락을 받았을 거야. 네 걱정 때문에 아마 병이 났겠다."

플린은 그렇지 않을 거라고 생각했다. 언젠가 남동생 얀닉이 하루 반나절 동안이나 집에 오지 않았던 적이 있는데, 엄마는 아들이 없단 사실조차 알지 못했다. 하지만 다니엘은 그런 일을 이해하지 못할 터였다. 플린 자신도 이해하지 못했으니까.

"우리가 현대식 전자제품을 별로 좋아하지 않는다는 건 너도 그 사이에 눈치를 챘을 거야. 하지만 너는 특별한 경우니까, 원할 때는 언제든지 엄마에게 전화해라."

"휴대전화가 없어요."

플린은 대답했지만 이 사실을 부끄러워해야 할지 어찌해야 할지 알 수 없었다.

다니엘은 아무렇지도 않은 표정이었다.

"그래, 그럼 지금 편지를 쓰렴."

"지금 당장 말인가요?"

다니엘은 눈을 깜박이다가, 이미 밤이라는 사실을 이제서야 깨달았다는 듯이 어둠을 내다봤다. 그러고는 낡은 손목시계를 한참이나 내려다보더니 미소를 지었다.

"흐음. 내일 쓰는 게 낫겠구나. 그럼 다음에 정차하는 일요일 오전에 내가 전하면 되니까. 일요일엔 언제나 일주일 동안 기차에서 쓸 물품을 마련한단다. 그럴 때면 공작들은 역 구경을 하면서 군것질거리나 잡동사니를 사느라고 돈을 모두 써 버리지. 예를 들어 내 기억이 옳다면, 3학년 니코스는 라헨스나프 상자를 수집하더군."

그가 플린을 흘낏 곁눈질했다.

'나는 공작이 아니야.'

플린이 생각했다. '영웅'이나 '전략과 낙관' 같은 과목을 들으며 세상을 어떻게 변화시킬지 배우지도 않을 거고, 학교를 졸업한다고 해도 정말로 그런 일을 하지도 않을 거야.

하지만 플린은 아무 대꾸도 하지 않았다.

두 사람의 위쪽에서 외등이 바스락 소리를 냈다. 그 안에 전구나 촛불은 여전히 보이지 않았다. 나방과 모기들이 외등 아래에서 빙빙 날아다녔다. 붕붕 소리를 내는 흰 날개가 취침등처럼 반짝였다.

"네 마음에 들 거야. 이틀 뒤면 벌써 일요일이군."

다니엘이 확신에 찬 목소리로 말했다.

플린은 바이덴보르스텔 2번 승강장의 모습이 저절로 떠올랐다. 군것질거리와 잡동사니가 있든 없든 역들은 모두 끔찍할 만큼 암울했다.

"엄마에게 편지 쓸 때 제 물품들을 보내 달라고 할까요?"

플린은 내키지 않지만 이렇게 질문했다. 사실 그런 말은 쓰고 싶지 않았다. 엄마는 이상한 옷들만 보낼 거고, 또 엄마가 자기 옷장을 뒤지는 것도 싫었다.

"아시잖아요. 옷이나⋯⋯ 뭐 그런 거요."

그러고는 양팔을 벌리며 덧붙였다.

"아무것도 없어서요."

다니엘이 미소를 짓고서 플린의 머리와 몸을 가리키며 말했다.

"그럴 필요 없어. 너에게 필요한 건 모두 여기 있단다."

통로에도 조명이 켜져 있고 블라인드가 모두 내려와 있었다. 플린은 마지막 차량에서 잠시 귀를 쫑긋 세웠지만 가라비나의 모습이 보이지도, 소리가 들리지도 않았다. 기차에서 어떻게 그런 일이 가능한지는 알 수 없지만, 어쨌든 가라비나는 두 사람의 눈에 띄지 않게 사라진 것 같았다.

마담 플로레트가 객실에서 기다리고 있지만 않다면, 최소한 플린이 겪을 다른 어려움은 없을 터였다.

다행히 마담 플로레트는 없었다.

플린은 지쳐서 침대에 쓰러졌다. 놀랍게도 매트리스 커버가 새로 씌워지고 침대 반쪽에는 금빛 침대보가 덮여 있었다. 오후에 컬리가 건네준 옷 옆쪽, 청록색 베개 위에는 학교 로고가 찍힌 한없이 부드러운 청록색 긴 잠옷이 놓여 있었다. 게다가 객실 문에는 플린의 몸에 맞는 보슬보슬한 모닝 가운도 걸려 있었다. 컬리가 다녀간 모양이었다.

플린은 자기도 모르게 미소를 지었다. 다니엘이 옳았다. 운명적인 날이었다. 오늘부터 2주 동안 나는 마법의 기차를 타고 유럽을 여행하는 거야. 그리고 나는 혼자가 아니야. 나랑 친구가 되려는 또래 아이들을 생전 처음 만났어. 언젠가 욘테 오빠를 찾는다면, 그날 또한 오늘처럼 특별한 날이 될 테지.

플린이 잠에서 깼을 때, 흔들리는 커튼 사이로 이른 아침 햇살이 들어왔다. 녹은 금속처럼 반짝이는 마담 플로레트의 금빛 침대보는 손도 대지 않은 것처럼 보였다. 플린은 마담 플로레트가 어젯밤에 잠을 자기나 했는지 궁금했다. 어쨌든 플린이 깨어 있는 동안은 마담이 자는 걸 못 봤다.

여섯 시 조금 지난 이른 시각이었지만 억지로 일어났다. 욘테가 입던 노란 체크무늬 셔츠를 욕실에서 입고 부츠 끈을 묶었다.

기차는 나른한 정적에 휩싸여 있었지만, 끊임없이 울리는 기차의 덜컹거림은 이미 먼 곳까지 왔다는 기분을 느끼게 했다. 발밑의 진동과 곡선 구간에서의 흔들림, 이 모든 것들이 이제 익숙해지기 시작했다.

플린은 직원용 차량에서 바깥 승강단으로 나갔다. 찌르는 듯이 서늘하고 맑은 아침 공기가 숨을 멎게 했다. 완벽한 생기, 그리고 세상으로 한 걸음 더 나아갔다는 기분을 맛보았다. 순식간에 잠이 완전히 깼다.

차량을 통과하여 카페까지 갔다. 그 끝에 있는 무거운 철문을 열려고 하는데, 작은 유리창으로 바깥 승강단에 서 있는 다니엘이 눈에 들어왔다. 누군가와 이야기를 하는 중인지, 어깨를 으쓱하고는 흥분해서 담뱃갑을 이리저리 내저었다.

"나도 설명할 수 없어요."

다니엘의 목소리가 차량 안까지 들려왔다. 철문이 살짝 열려 있었던 것이다.

"자기, 이 얘긴 이미 끝났어요. 당신도 베르트처럼 말하네요."

플린은 엿들을 의도가 없었지만, 지금 무언가 일이 잘못됐다는 의심이 불현듯 강력하게 솟구쳤다. 마치 다니엘이 막 입에 문 담뱃불처럼.

플린이 몸을 숙이고 서 있는 유리창 아래 가장자리에서 팔랑이는 글자로 판단할 때, 익스프레스는 지금 프랑스를 지나는 중이었다. 포도밭과 가을 햇살이 올이 풀린 식탁보 가장자리처럼 노선을 감쌌다. 기차가 일으키는 바람이 아주 약해서 바깥에서 하는 이야기가 모두 들려왔다.

"난 당신의 자기가 아니에요!"

플린은 당찬 그 목소리의 주인을 금방 알아챘다. 작은 유리창으로 살짝 내다보니, 이리저리 흔들리는 꽁지머리가 눈에 들어왔다. 마담 플로레트! 이른 아침인데도 마담은 깎은 밤처럼 말쑥했다. 스파이와 승무원을 섞은 듯한 복장 대신 오늘은 딱 달라붙는 치마에 목까지 가리는 하얀 블라우스 차림이었다. 플린은 마담이 옷을 갈

아입으러 언제 객실에 다녀갔는지 의아했다.

"난 그 아이를 믿지 않아요."

거대한 가죽테 보호안경을 머리에 똑바로 쓰며 마담이 말했다.

플린 머릿속에 이런저런 생각들이 솟구쳤다. 내 이야기인가? 아니면 욘테 오빠나 카심 이야기? 파랗게 염색한 머리 때문에 마담은 카심도 별로 좋아하지 않는 것 같았다.

"자기, 아니 자기가 아니라 당신, 믿지 않을 이유라도 있나요?"

다니엘은 이렇게 묻고는 비눗방울이라도 불듯이 느긋하게 작은 담배 연기 구름을 내뿜었다.

잠시 말문이 막혔던 마담 플로레트가 입을 뗐다.

"나는 이유를 댈 필요가 없어요. 그리고 담배 좀 끊으시죠. 학생들 앞에서 안 피우기로 했잖아요."

"내가 그랬나요?"

다니엘은 손에 들려 있는 불붙은 담배가 어떻게 거기 있는지 모르겠다는 표정으로 한참 바라보다가 눌러서 껐다.

"죄송해요."

그러고는 한결 부드러운 목소리로 다시 물었다.

"자, 믿지 않을 이유라도 있나요?"

"이유, 이유."

마담의 목소리가 갑자기 짜증스러워졌다.

"당신은 그 아이를 좋아해요. '당신'이야말로 왜 그러는 건지 나도 그 이유를 물을 수 있겠죠?"

다니엘이 대답할 기색을 보이지 않자 마담이 말을 이었다.

"한밤중에 불쑥 월드 익스프레스에 뛰어올라 탄 열세 살짜리 아이! 난 그 아이가 소형 궤도차나 녹슨 화물차에 뛰어올랐다고 생각하지 않아요. 당신 생각은 어때요?"

플린의 배에서 경련이 일었다. 내 이야기구나! 마담이 나를 좋아하지 않는 거야 그렇다고 쳐도, 왜 날 믿지 못한다는 거지? 내가 뭘 어쩐다고? 서류철이라도 훔칠까 봐?

다니엘은 좀 쉬고 싶고 담배도 한 대 더 피우고 싶다는 표정으로 심호흡을 하고 대꾸했다.

"아니면 궤도를 벗어난 근거리 급행열차겠지요."

"난 승객들이 보통 기차 대신 뭘 보는지 알아요."

이제 마담의 목소리에서는 짜증뿐 아니라 걱정도 묻어났다.

"그 아이는 안개 공작이에요. 그러니 당연히 월드 익스프레스를 볼 수 있어요."

다니엘의 말에도 마담은 주장을 굽히지 않았다.

"하지만 타서는 안 되는 거였어요! 도대체 왜 탄 거죠? 여기저기 다니며 냄새를 맡을 거예요!"

마담 플로레트는 킁킁거리며 냄새 맡는 시늉을 했다.

"그러지 않아도 해야 할 중요한 일들이 많은데 말이죠. 실례가 안 된다면 이제 아침 식사를 감독하러 가야겠어요."

마담은 그 말을 남기고 옆에 붙은 식당차로 들어갔다.

플린은 목을 더 빼고 유리창 너머를 살폈다. 다니엘이 마담 플로레트를 따라가지 않을 것임이 금세 확실해졌다. 이제 플린에게 남은 도주로는 앞쪽 뿐이었다. 플린이 서둘러 바깥으로 나가려는데

다니엘은 안으로 들어오려고 했다. 진짜 급한 것처럼 보이려고 발걸음을 멈추지 않은 바람에 플린은 처음에는 문과, 그 다음에는 다니엘과 세차게 부딪혔다.

"스티븐슨 맙소사!"

다니엘이 화가 나서 소리쳤다. 그가 비뚤어진 넥타이를 바로 맸다. 아직 잠옷 차림인데도 그 위에다 넥타이를 매고 있었다. 다니엘이 놀라서 플린을 바라봤다.

"플린! 너 왜 벌써 일어났니?"

"죄송해요."

플린은 그 말만 했다. 아무 대답도 하기 싫었다. 어차피 다니엘도 대답을 기대한 건 아닌 듯했다. 플린이 뭐라고 덧붙이기 전에 그는 이미 플린을 지나서 기차 끝 방향으로 사라졌다.

이렇게 이른 토요일 아침 식사에 나타난 사람은 마담 플로레트와 몇몇 공작뿐이었는데, 모두 플린보다 나이가 많아 보였다.

통유리 전망창 저 멀리 프랑스 도시 릴의 어두운 하늘 위로는 이제 막 해가 솟았지만, 식당차에 쏟아져 들어오는 햇살은 이미 눈부시게 반짝였다. 플린은 얼굴을 내밀어 따뜻하게 따끔거리는 햇살을 맞으며 차량을 질러갔다. 뷔페 바로 앞까지 가서야 가라비나도 이미 일어났다는 걸 알게 됐다. 가라비나는 뷔페에서 제일 가까운 식탁에 몸을 똑바로 세우고 앉아서, 머리카락이 검은 남자아이와 그라우뷘덴이라는 지역에 대해 이야기를 나누고 있었다.

"월드 익스프레스 헌옷 수거함을 뒤졌니?"

욘테의 셔츠를 입은 플린을 보자 가라비나가 비웃으며 물었다.

"어젠 실수로 옷을 그렇게 입은 줄 알았지. 그런데 알고 보니 넌 알래스카 어부처럼 입는 걸 좋아하는구나."

플린은 뺨이 뜨거워졌다. 뷔페만 노려봤지만, 바게트 샌드위치와 오믈렛과 크루아상 중에서 뭘 골라야 할지 알 수 없었다.

"알래스카 사람들은 저렇게 입지 않아."

가라비나와 같은 식탁에 앉아 있던 남자아이가 느릿하게 말을 꺼냈다.

"나랑 9개월 동안이나 같은 식탁에 앉으면서 어떻게 아직도 그걸 모르지?"

그 아이 목소리는 화난 것처럼 들리지 않았지만, 가라비나는 그 질책에 숨을 헐떡거렸다.

플린은 터져 나오려는 웃음을 꾹 눌러 참았다. 아무렇게나 오믈렛을 고르고 밀크 커피도 한 잔 들고서, 가라비나를 지나 반대쪽 끝에 있는 식탁으로 향했다. 그러고는 자기가 지금 뭘 먹는지도 모른 채 아침 식사를 하고, 밀크 커피를 마시기 전에 계피 냄새부터 들이마셨다. 욘테 오빠가 아직 집에 있던 때, 그래서 만사가 순조로웠던 시절에는 모든 것에 계피가 들어갔다. 계피 초콜릿과 계피 차, 계피 케이크도 있었다. 욘테 오빠는 그 정도로 계피를 좋아했다.

그 생각을 하자 플린은 행복하면서도 동시에 슬프고, 또 불안해졌다. 내일은 욘테 오빠 흔적을 찾는 일에 진전을 봐야 해. 그런데 어디서 시작하는 게 제일 좋을까?

아침 식사 후에 창고로 갔다. 하지만 검댕이 묻은 선반들 사이에는 플린을 도와줄 사람이 아무도 보이지 않았다. 페도르는 아마 앞쪽 기관차에서 삽으로 석탄을 뜨고 있을 터였다. 페그스와 카심은 아직 잠을 잘 테고. 어떻게 이 둘에게 욘테 이야기를 하지 않은 채 도움을 요청해야 할까?

플린은 아침 공기가 서늘한 바깥 승강단으로 나가서 심호흡을 했다. 이제 또 혼자였다.

플린은 정처 없이 기차를 돌아다니다가 도서관 차량에 갔다. 도서관은 완벽한 적막과 고요에 싸여 있었고, 책들로 꽉 찬 넓은 책장에도 불구하고 플린의 마음만큼이나 텅 비어 보였다.

문 옆 유리창에 플린의 얼굴이 비쳤다. 여전히 무표정한 자기 얼굴에 짜증이 났다. 그때 딸깍거리는 소리가 나는 바람에 플린은 깜짝 놀라 정신이 퍼뜩 들었다.

바닥 조금 위쪽, 차량 가장자리 유리관에서 쉬익 소리를 내며 뭔가 움직였다. 그러더니 차량 문 바로 앞에서 나지막하게 긁는 소리를 내며 어떤 책장 뒤쪽으로 사라졌다. 책장 뒤에서 그 뭔가가 다시 쉬익 소리를 내더니, 이어서 아주 시끄러운 소리를 내며 플린 눈높이에 있는 고양이 출입문 같은 개폐식 문에서 멈췄다.

플린은 깜짝 놀라 한 걸음 펄쩍 물러나서, 개폐식 유리문 뒤편에 놓인 각진 그 물건을 노려봤다. '내부 인쇄 우편물'이라는 글자가 쓰여 있었다.

잠시 망설이다가 개폐식 문을 올리고 작은 모형을 꺼냈다. 색종이로 접은 공작이었는데, 너무나 세세하고 진짜처럼 보여서 당장이라도 목을 잡아 빼고 꼬리를 활짝 편다고 해도 이상하지 않을 것 같았다.

플린은 종이접기로 만든 공작을 조심스럽게 들고 좁다란 책상으로 가서, 그 앞에 놓인 소파에 앉았다.

독서용 전등은 낮에도 켜져 있었다. 흐릿한 그 불빛 아래서 공작의 종이 날개들이 저절로 펼쳐졌다. 플린은 경외심을 느끼며 얇은 그 종이를 반듯하게 폈다. 모두 열두 장이었다.

첫 장에는 기차 바깥에 쓰인 것과 똑같은 우아한 필체로 다음과 같이 쓰여 있었다.

익스프레스 – 익스프레스

9532주간 동안 계속되는 탁월한 내부 통신문

후원 : 월드 익스프레스

플린이 통신문을 막 읽으려는데, 창틀의 글자들이 나방 날개처럼 아주 가볍게 흔들렸다. 창틀의 글자는 누군가 훅 불기라도 한 듯 '생 캉탱 역'에서 '피카르디'로 바뀌었다.

플린은 웃음을 킥킥 터트리며 유리창에 기댔다. 수많은 고성이 스쳐 지나갔다. 반짝이며 선로 옆을 흐르는 강물에 고성의 갈색과 크림색이 반사됐다.

프랑스였다.

파리의 윤곽을 알아볼 수 있으리란 기대를 품고 다른 쪽 유리창으로 몸을 돌렸는데, 거대한 하얀 것이 시야를 가로막았다.

플린은 소스라치게 놀랐다. 여기 이 차량 안에, 겨우 몇 미터 떨어진 곳에 그게 앉아 있었다. 그 동물이!

안개에 싸인, 날씬하고 우아한 사냥꾼이 플린과 눈을 맞췄다.

승강장에 있던 동물이 여기 기차 안에 있다니!

그 동물은 꼼짝도 하지 않고 플린을 노려봤다. 둘 사이에는 좁은 통로뿐이었다. 공격당할 거라는 다급한 환상이 몰려왔다. 책으로 가득한 이곳에서는 아무도 플린의 비명을 듣지 못할 터였다. 각각의 차량은 하나의 세계, 고리로만 연결된 하나의 소우주였다.

이제 어떻게 하지?

그날 밤과 마찬가지로 '윤곽이 뚜렷하지 않은' 그 동물은 플린에게 다가오려는 듯 고개를 살짝 내렸다. 플린은 등줄기가 서늘해지고 차가운 한겨울 바람을 맞은 것처럼 소름이 끼쳤다. 아주 짧은 순간, 플린은 눈을 감았다. 안 돼, 안 돼, 안 돼.

다시 눈을 떴을 때 그 동물은 사라지고 없었다. 플린은 당황해서 눈을 비볐다. 미동도 없이 2초를, 아니 어쩌면 2분을 흘려보냈다. 꼼짝할 엄두도 내지 못했다. 도서관 문이 활짝 열렸다. 시끄러운 공작 무리가 적막을 깨며 들어왔다. 그중엔 분홍색 머리띠와 망사가 잔뜩 달린 옷에 초록색 천연가죽 부츠를 신은 페그스도 있었다.

플린은 갑작스런 소음에 너무 놀라서 하마터면 의자에서 굴러 떨어질 뻔했다.

"너, 유령이라도 본 것 같다."

페그스가 말했다. 페그스는 구석에 있는 플린을 발견하고는 그 앞에 놓인 책상에 날렵하게 휙 뛰어올라 앉았다. 바스락거리는 페그스의 치마에 신문이 가려졌다.

"덜컹거림 때문에 그래? 컬리에게 분명 차멀미 약이 있을 거야. 원한다면 내가 물어볼게. 컬리는 여자 사감님 같은 사람이거든."

플린은 고개를 저었다. 두려움을 불러일으키는 그 독수리 눈매의 소유자를 다시는 만나고 싶지 않았다.

플린의 눈길이 페그스를 지나 방금 전에 그 생명체가 앉아 있던 곳을 향하자, 페그스도 당혹스러운 표정으로 몸을 그쪽으로 돌렸다. 뒤로 물러나는 높은 건물들과 쏜살같이 지나가는 쭉쭉 뻗은 넓은 도로가 그제서야 플린의 눈에 들어왔다. 겨드랑이에 신문을 끼고 손에는 커피 잔을 든 승객들이 서로 눈길을 주고받았다. 하지만 플린은 그 사람들에게 관심이 없었다.

솔직해 보이는 페그스의 얼굴을 바라보던 플린이 과감하게 결심하고 입을 열었다.

"너희에게 할 말이 있어. 너랑 카심에게."

페그스는 가라앉은 플린의 목소리에서 금방 뭔가를 눈치챘다.

"비밀이야? 너, 어쩐지 좀 이상하더라!"

페그스가 흥분해서 손뼉을 쳤다.

플린은 그 말이 칭찬처럼 느껴지지는 않았지만, 사실 페그스가 옳다고 생각했다. 그래서 바지 주머니에 있는 엽서를 만지작거리며 고개를 끄덕였다.

'오빠, 미안해. 하지만 난 도움이 필요해.'

월드 익스프레스는 플린이 보기에 난해한 규칙과 아이디어와 마법으로 가득한 독자적인 세계였다. 마법의 기차 기숙학교에서 어떻게 행동해야 하는지 아는 사람을 옆에 두는 게 좋겠다는 생각이

들었다. 안개 같은 생명체나 가라비나 같은 아이는 어떻게 다루어야 할지, 또 차멀미는 어떻게 다루는지 알아 둬서 나쁠 건 없었다.

"여기서는 안 돼."

페그스가 단호하게 말했다.

"오늘 저녁, 내 객실에서 어때? 내가 카심에게 말할게. 카심은 주말에는 거의 언제나 점심 식사 때까지 늦잠을 자고 항상 기분이 안 좋아."

페그스가 인상을 찌푸렸다.

플린은 고개를 끄덕거렸다. 괜찮은 것 같았다. 일종의 계획처럼, 무언가 진전이 있는 것처럼, 우정의 팔찌를 낀 아이들의 파자마 파티처럼 들렸다.

"좀 늦을지도 몰라. 데려가고 싶은 사람이 있어."

플린은 이렇게 대답하고 바닥의 유리관 우편 시스템을 흘낏 내려다봤다. 이 시스템은 분명 기차 전체에 연결돼 있을 터였다.

"혹시 이거 어떻게 사용하는지 알아?"

엽서의 비밀들

몇 시간 후에 플린은 공황 상태에 빠졌다.

욘테 오빠가 월드 익스프레스에 언젠가 타고 있었다는 건 의심할 여지가 없었다. 셔츠와 엽서만이 아니었다. 플린은 사방에서 욘테의 흔적을 느꼈다. 얼마 전에 들은 음악도 그중 하나였다.

하지만 새로 생긴 친구들에게 욘테 이야기를 하는 게 옳은지 확신이 서지 않았다. 어쩌면 그 둘은 이 일에 전혀 상관하고 싶어 하지 않을지도 몰라. 분명히 멋진 비밀을 기대하지, 이렇게 특이한 일을 상상하지는 않을 거야.

낮에는 텅 비어서 조용한 통로를 살금살금 지나가면서 플린은 고민에 빠졌다. 자신이 벽 뒤에 있는 유령처럼 느껴졌다. 월드 익스프레스에서도 바이덴보르스텔에서와 다를 바가 없었다. 플린은 그저 관찰자에 불과했다.

저녁 약속을 어떻게 취소해야 할지 정신없이 궁리했다. 그때 침대차 제일 앞쪽 통로에서 100년 전 댄스 모임에서나 울렸을 법한 시끄러운 금속성 멜로디가 들려왔다.

"넌 눈물에 목욕하게 될 거야, 오랫동안 그리워하게 될 거야."

흥겨운 남자 목소리가 노래했다.

당황한 플린이 발걸음을 멈췄다. 통로 끝, 등을 벽에 기댄 채 양탄자를 깐 바닥에 앉아 있는 페그스가 눈에 들어왔다. 페그스 무릎에 아주 작은 구식 손풍금처럼 보이는 금속 상자가 있었다.

"플린, 너 도대체 어디 있었던 거야?"

페그스는 누군가가 그 상자를 빼앗기라도 한다는 듯이 꽉 움켜쥐고 물었다.

'객실에 웅크리고 앉아서 걱정만 했어.'

아니, 그렇게 대답할 수는 없었다.

"나, 휴게실 차량에서 나와야 했어."

페그스가 어깨를 으쓱하며 말을 이었다.

"네가 나를 떠난다면, 난 바로 부다페스트로 갈 거야. 거기서는 누구나 나를 좋아해!"

손풍금에서 어떤 목소리가 울부짖었다.

"이걸 좋아하는 공작은 한 명도 없어."

페그스가 금속 상자를 가리키며 말했다.

플린은 대꾸할 말이 떠오르지 않아서 그저 미소만 지었다. 플린 역시 이 구식 음악이 싫었다.

페그스는 과장된 몸짓으로 한숨을 내쉬었다.

"마담 플로레트가 우리 라디오를 다시 압수하지 못하게 그린란드 출신 스투레 아노이가 이렇게 변장해 줬어. 그래서 걔가 꽤 괜찮은 놈인 줄 알았지. 그런데 내 음악 취향에 대해 불평을 늘어놓지 뭐야."

플린은 더 크게 활짝 웃으며 페그스 옆의 바닥에 앉았다. 이렇게 아래에서 보니 차량 전체가 훨씬 더 인상적이었다. 금빛 햇살이 넓은 유리창으로 들어와서 통로를 가을 온기로 가득 채웠다. 닫힌 칸막이 객실 문들은 반짝반짝 윤을 낸 마호가니였다. 한순간 플린은 걱정거리를 잊어버렸다.

"스투레 아노이는 문화에 대한 이해가 세상에서 가장 형편없는 아이야."

페그스가 계속 투덜댔다.

"'오래 기다리면 바람이 불어온다'가 무슨 뜻인지도 아마 모를 거야."

경악이 번개처럼 플린의 몸을 관통했다. 바지 주머니에 들어 있는 엽서가 불타기 시작하는 느낌이었다.

"그게 무슨 뜻인데?"

플린이 새된 소리로 물었다.

"아, 무슨 뜻이긴. 절대 포기하면 안 된다는 소리잖아. 만사가 더 나아질 거라고 믿어야 한다는 뜻이고."

페그스는 이렇게 대답하고는 생각에 잠긴 채 코를 긁었다.

플린은 고개를 저으며 다시 물었다.

"아니, 그게 아니라 그 시구를 어디서 들었어?"

푹신한 양탄자 바닥이 세상에서 가장 안전한 열차처럼 오르락내리락했지만, 플린은 롤러코스터의 최고 지점에서 흔들리는 기분이 들었다.

페그스는 손가락 끝을 코에 그대로 댄 채 어리둥절한 표정으로 플린을 바라보다가 대답했다.

"우리 교가 첫 소절이야. 매주 금요일 저녁 식사 전에 불러. 마담 플로레트가 학교 규칙을 낭독하느라 또 시간을 보내지 않는다면 말이야."

두 사람의 옆에서 넓은 철문이 열리더니 차가운 바람이 증기를 몰고 들어왔다.

"우리가 햇병아리일 때는 이렇게 통로에 아무렇게나 앉아 있지 않았는데."

옆을 지나가던 검은 머리 공작 두 명 가운데 한 명이 한숨을 내쉬며 말했다.

"그럼 지붕에 올라가서 음악을 들어야 해?"

페그스가 투덜거리며 반짝이는 손풍금 라디오를 쓰다듬었다.

플린은 흥분해서 몸을 이리저리 움직이며, 두 여학생이 객실로 들어갈 때까지 기다렸다가 소곤소곤 물었다.

"승객 중에도 교가를 아는 사람이 있어?"

페그스는 고개를 젓고 심호흡을 했다.

"없을걸. 우리 아빠는 이미 몇 년 전에 나한테 가르쳐 주셨어. 하지만 카심은 기차에 탄 후에도 교가를 외우는 데 3개월이 걸렸지."

페그스의 아빠가 교가를 어떻게 알까? 플린은 고개를 저었다. 뭐 어쨌든 그건 상관없지. 심장이 공중제비를 넘는 게 느껴졌다. 기차가 선로를 미끄러지듯 달리다가 선로 이음쇠에서는 덜컹거렸다. 플린은 마비된 느낌과 생생하게 살아 있는 기분을 동시에 느꼈다.

저녁 약속을 취소하지 말아야지. 욘테 오빠도 취소하는 걸 원하지 않을 거야. 오빠가 엽서에 쓴 건 그저 아마추어 서정시에 불과한 게 아니었어.

그래. 오빠는 나에게 암시를 남겼는데, 나는 기차에 와서야 그 암시를 깨달았어. 오빠는 내가 어느 날엔가 자기를 따라올 거라고 이미 예상했나 봐.

저녁 식사 때 플린은 몸에 기묘한 전기가 흐르는 느낌이었다. 이제 돌이킬 수 없었다. 오늘 밤에 다른 아이들에게 욘테 오빠 이야기를 해야 했다.

"부야베스 때문이로군, 응?"

심각한 플린의 얼굴을 본 페그스가 말했다.

"빵과 생선 수프라니. 라테피는 도대체 왜 우리가 이런 걸 좋아할 거라고 생각했을까?"

요리사 라테피는 월드 익스프레스가 막 통과하는 지역의 요리를 즐겨 마련했다. 그는 키도, 덩치도 컸다. 플린은 그가 뮤지컬을 좋아한다는 것 말고는 여전히 아는 게 없었다.

플린은 원래 "빵만 주는 것보다 낫잖아."라고 말하려고 했다. 하지만 생선 수프를 한 숟가락 떠먹어 본 뒤에는 "그러게. 정말 의문이네."라는 말이 나왔다.

"'예전에 이제 수프는 싫어요!'라는 메모를 소망의 문에 붙인 적도 있어."

벌써 두 번이나 더 가져다 먹은 카심이 이렇게 말하고는 어깨를 으쓱하며 덧붙였다.

"하지만 뭐, 난 아무래도 괜찮아."

페그스가 한숨을 내쉬며 숟가락을 내려놓았다.

플린은 카심이 주방 문에 붙였던 수많은 종이쪽지들 이야기를 한다는 걸 깨달았다. 아마 공작들이 학교 급식에 관한 온갖 아이디어를 그 문에 붙이는 모양이었다. 그렇게 해 봐야 별로 소용이 없는 듯했다. 하지만 지금 그게 중요한 문제가 아니었다.

플린의 생각은 주방이 아니라 차량 세 칸을 지나서, 어둡고 서늘하며 검댕과 복숭아 냄새를 풍기는 곳에 가 있었다. 페도르가 유리관 우편을 유치하다고 생각하면 어쩌지? 페도르는 열다섯 살인데 일도 힘겹게 하잖아. 내 초대를 받아들이는 것보다 분명히 더 중요한 일이 있을 거야.

옆 식탁에서 들리는 요란한 웃음소리 때문에 플린은 걱정에서 깨어났다.

"이 여자아이는 그다지 힘이 세지 않군."

어떤 남자아이가 큰 소리로 떠들었다. 프로일라인 슐레히트펠트 학교에서 들었던 온갖 비웃음이 순식간에 떠올랐다. 플린은 잠시 망설이다가, 귀가 새빨개진 채 그쪽으로 몸을 돌렸다.

옆 식탁에 플린의 또래로 보이는 공작 네 명이 앉아 있었다. 하지만 놀랍게도 그들은 플린 이야기를 하는 게 아니었다.

"힘이 셀 필요도 없지."

식탁에 앉아 있던 홍일점 여자아이가 말했다.

"너희보다 '여기'가 훨씬 탁월하면 그걸로 충분하니까."

그 아이가 자기 머리를 가리키며 덧붙였다.

"무슨 뜻이야?"

맞은편에 앉은 금발 남자아이가 아무것도 모른다는 듯 물었다.

"위스피, 얘가 지금 또 무슨 말을 하는 거야? 내가 너무 멍청해서 못 알아듣겠다."

통로 다른 쪽에 있는 식탁에서 갑자기 폭소가 터졌다. 플린은 여자아이의 대답을 듣지 못하고 그쪽으로 고개를 틀었다.

"……어젯밤이었어. 정말이야. 그래서 오늘 아침 일찍 컬리에게 물어봤지. 습득물 중에 혹시 그림자 연극 손전등은 없더냐고……."

"아이고, 그건 어차피 너무 터무니없이 비쌌어."

빨간 머리 여자아이가 반박했다.

"넌 그 물건에 11롤링이나 줬잖아!"

플린은 한동안 그 여자아이를 바라보다가, 자기가 익스프레스 학생들의 웃음과 경쾌함을 부러워한다는 사실을 깨달았다. 누군가에게 세상이 열리면 저절로 그렇게 되는 걸까? 아니면 욘테 오빠처럼 태어날 때부터 그런 건가?

"롤링이 뭐야?"

옆 식탁의 토론이 길어지자 플린이 페그스에게 물었다.

"기차에서 쓰는 돈이야."

페그스가 침울한 표정으로 음식을 휘저었다.

"아무 역에서나 그 나라 화폐로 바꿔서 햄버거나 감자튀김을 사 먹을 수 있어."

옆 식탁에서 또 폭소가 터졌다.

"내 생각에는 얘가 자기 목을 말하는 것 같아."

위스피라는 흑인 남자아이가 말했다.

"목은 진짜 기니까……. 아, 저기 브루투스가 온다!"

몇 초 뒤에 플린은 다리를 스치는 뭔가에 흠칫 놀랐다. 따뜻하고 축축한 것이 부츠를 지나가더니 양말을 적셨다.

플린은 놀라서 몸이 얼어붙었다. 뻣뻣하게 굳은 채 앉아서 중얼거렸다.

"얘들아……. 뭔가 내 복사뼈를 빨고 있어!"

"브루투스!"

페그스가 새된 고함을 지르며 망사로 뒤덮인 무릎을 턱 바로 아래까지 끌어올리고 도움을 청했다.

"카심, 어떻게 좀 해 봐!"

카심은 느긋하게 수프를 마저 떠먹었다. 플린이 몸을 움직일 용기가 있었다면 화가 나서 카심을 잡고 마구 흔들었을 터였다.

"빨리 좀!"

플린이 다급하게 애원했다.

"그러지 뭐."

카심은 흰 빵을 둘로 나누어 식탁보 아래로 들이밀었다.

다리에서 느껴지던 뜨거운 입김이 사라졌다. 플린은 바짝 긴장한 채, 카심이 식탁 아래로 몸을 숙이고 뚱뚱하고 다리가 떡 벌어진 개를 꺼내는 모습을 바라봤다. 개의 왼쪽 뒷다리는 금으로 만든 의족이었다. 개가 움직이자 의족이 새된 소리를 내며 뜨거운 바람을 뿜었다.

"브루투스, 이쪽은 플린이야. 플린, 애는 브루투스라고 해."

카심이 소개했다.

개는 입맛을 쩝쩝 다시더니 뾰족한 이빨 두 줄을 드러냈다. 이빨 대부분은 뒷다리와 마찬가지로 금이었다.

"브루투스는 거의 모두 부품들로 이루어져 있어서 진짜 개는 아니야."

카심이 설명하며 사랑스러운 눈빛으로 개를 바라봤다.

플린은 바닥까지 오는 식탁보에 복사뼈를 남몰래 닦았다.

"그래도 어쨌든 개잖아. 카이사르를 죽인 살인자는 아니네."

흥분이 좀 가라앉은 플린이 중얼거렸다. 페그스를 웃겨 보려고 한 농담이지만, 페그스는 그저 징징거리는 소리만 내며 아주 흉측한 맹수를 보듯이 개를 노려봤다.

"역사 상식이 있구나."

카심이 인상을 찌푸리며 말했다.

"라코토베 라람비가 무척 기뻐하겠다. '전략과 낙관' 수업을 하는 분이야."

플린이 카심의 눈길을 따라 뷔페 옆의 직원용 식탁으로 눈을 돌렸다. 갈색으로 그을린 덩치 큰 남자가 멍하니 입술을 핥으며 앉아 있었다.

"개와 주인이 닮았어."

카심이 어깨를 으쓱하며 말했다.

플린은 라코토베 라람비가 개하고만 닮은 게 아니라 요리사와도 닮았다는 사실을 깨닫고는 어리둥절했다.

"라코토베와 라테피는 쌍둥이야. 두 사람은 이 브루투스 때문에 계속 싸워."

어리둥절한 플린의 시선을 본 카심이 설명했다.

카심은 개를 소파 쿠션처럼 겨드랑이에 꼈다.

"후식으로 뭐가 있나 볼게. 누구 나랑 같이 갈래?"

페그스는 이게 대답이라는 듯이 카심의 겨드랑이에 있는 개를 역겹다는 표정으로 바라봤다.

"그래."

플린이 대답하며 자리에서 일어섰다.

요리사 라테피가 뷔페에서 3단 접시에 분주하게 후식을 채우는 중이었다.

카심이 브루투스를 배에 옮겨 안고 말했다.

"다음에 익스프레스가 프랑스를 지날 때, 수프 대신 '마우스 오 쇼콜라(초콜릿 쥐)'를 먹을 수 있는지 페그스가 물어보랬어요."

플린은 카심이 분명히 '무스 오 쇼콜라'를 말하는 거라고 짐작했지만 아무 말도 하지 않았다.

요리사는 딸꾹질과 웃음이 섞인 듯한 소리를 내곤, 배 푸딩을 담은 작은 접시와 바닐라 아이스크림을 정리하려고 걸음을 옮겼다.

"이 개가 얼마 후에 혹시 요리 냄비에 들어가야 하는 건 아닌지 궁금하구나."

요리사가 음식 뜨는 집게로 브루투스를 가리키며 말했다.

"개 침이, 내, 음식에, 들어가면, 안, 된다."

그가 또박또박 끊어 강조해서 말하고 카심 코에서 2센티미터쯤 떨어진 곳에서 집게를 딸깍 닫았다.

"그리고 여자아이에게 잘 보이고 싶으면 초콜릿 과자를 주문할 게 아니라, 직접 만들어야지."

요리사가 미소를 지으며 덧붙였다.

잉크색 머리카락 아래로 귀가 새빨갛게 물든 카심이 변명했다.

"난 그저 친절하려고 그러는 거라고요."

라테피는 또 딸꾹질과 웃음이 섞인 소리를 내고는 '오페라의 유령'에 나오는 멜로디를 흥얼거렸다.

"사실 아주 괜찮은 사람이야. 가끔 약간 직설적이긴 하지만."

요리사가 식당차에서 나가자 카심이 말했다.

플린은 대답 대신 슬쩍 웃고서 너무 으깨진 것처럼 보이지 않는 배 푸딩을 골랐다.

"기차에 있는 다른 어른들은 누구야?"

플린이 턱으로 직원용 식탁 두 개를 가리키며 물었다.

"잠시만."

카심이 브루투스를 긴 뷔페 탁자 수프 그릇과 바닐라 아이스크림 사이에 내려놓으며 말했다.

"이렇게 하면 가라비나가 가까이 오지 못할 거야."

기차가 어스름한 푸른빛에 잠긴 언덕에서 지평선까지 뻗은 정말 끝이 없어 보이는 포도밭을 지나는 동안 카심이 손가락을 꼽으며 설명했다.

"기관차 운전사 두 명, 헨리와 다소가 있어. 다소는 지금 당연히 앞쪽 기관차에 있지. 마담 플로레트랑 다니엘, 라코토베 라람비와 컬리도 지금 여기 있고. 컬리는 세탁과 소소한 수리를 담당해. 고양이 그림 스웨터를 입은, 키 크고 마른 선생님은 베르트 빌마우야. 예의범절을 가르치지만 불편한 일이 생기면 언제라도 뛰어들지. 그 옆에 앉아 있는 키가 작은 선생님은 이탈리아 사람이고 시뇨르 구아르다 피오레야. 무술을 가르쳐."

플린은 숨을 헐떡이며 물었다.

"무술이라고?"

"아, 뭐 대단할 거라고 상상하지는 마."

카심은 한 손으로는 접시의 수프를 떠먹고, 다른 손으로는 커다란 부야베스 양동이에 머리를 넣으려는 브루투스를 막았다.

"우리 1학년은 한 명이 지쳐서 쓰러질 때까지 거의 언제나 조깅만 하니까."

플린이 웃음을 터뜨렸지만 카심은 농담을 하는 표정이 아니었다. 그는 침을 질질 흘리는 브루투스를 다시 겨드랑이에 끼고, 가장자리까지 찰랑거리는 수프 접시에 집중했다.

밝은 차량 조명이 비치는 가운데 플린은 진한 생선 수프 냄새를 맡았다. 공작들의 온기와 웃음과 낙관도 함께 들이마셨다. 플린은 자신이 학생 신분으로 기차에 타고 있는 모습을 상상해 봤다. 라테피의 주방 문에 어떤 음식이 먹고 싶다고 쓸까? 아마도 계피 쿠키?

수업 시간에 예전 학교보다 귀를 더 잘 기울이게 될까? 혹시 나도 언젠가 특별한 사람이 될 수 있을까?

플린은 그러다가 자기가 월드 익스프레스의 학생이 아니며, 앞으로도 그렇게 되지 않을 거란 사실을 떠올렸다. 플린 내부에 퍼졌던 따뜻한 느낌은 배 어딘가에서 딱딱한 덩어리로 변했다. 흐느껴

울고 싶은 심정이었다.

플린은 카심을 따라 교사들의 식탁으로 다가갔다. 카심이 브루투스를 라코토베에게 내려놓았다. 둘이 막 지나가려는데 컬리가 고개를 들더니, 독수리처럼 날카롭고 뭔가 계산하는 듯한 눈매로 플린을 뚫어지게 노려봤다. 플린은 소름이 돋았다. 최대한 재빨리 몸을 돌려서 가던 길을 계속 갔다. 그러고는 페그스 맞은편에 와서 다시 한번 컬리를 돌아봤다. 그가 흥분한 얼굴로 다니엘과 마담 플로레트와 함께 뭔가 토론하는 모습을 보고서, 플린은 그들이 자기 일로 다투는 게 아닐까 하는 생각이 저절로 들었다. 얼른 후식으로 눈을 돌렸다. 불안해져서는 안 돼. 더 중요한 일이 있으니까. 욘테 오빠를 찾아야 해.

그날 밤, 월드 익스프레스는 프랑스와 에스파냐 사이의 국경을 통과했다. 어두컴컴하고 살아 있는 생명체처럼 거친 피레네 산맥이 기차 유리창으로 지나갔다. 선로 옆으로 펼쳐진 산중 호수들에 비친 달빛이 흐릿하게 반짝였다.

놀랍게도 마담 플로레트는 이날 밤에도 객실에 나타나지 않았다. 플린은 마담 플로레트가 밤새 뭘 하는지 궁금했지만, 사실 뭘 하든 상관없었다. 마담은 부재중이라서, 플린이 22시 10분에 모닝 가운을 걸치고 연결 발판을 지나서 학생용 침대차로 건너가는 걸 알지 못했으니까.

통로는 조용하고 미지근한 온기에 싸여 있었고, 야간 조명을 받은 객실 문엔 오렌지색 프리즘이 마법처럼 반짝였다. 그러나 바깥에서 울부짖으며 땅을 쓸고 지나가는 밤바람은 살을 에듯 차가웠다. 다행히 마담 플로레트를 만나지 않고 페그스의 객실까지 갔다.

통로에서 이미 기다리고 있던 카심은 플린이 미처 인사도 건네기 전에 플린을 끌고 객실로 가며 속삭였다.

"마담 플로레트는 밤에 몇 시간씩 기차를 순찰하며 돌아다녀. 그러니 위험을 피하는 게 좋아. 물론 목록에는 좋겠지만."

"무슨 목록?"

플린이 물었지만 카심은 이미 객실 문을 닫았다.

페그스의 객실은 별천지였다. 월드 익스프레스조차 꿈도 꾸지 못할 공간 같았다. 전등은 꺼졌지만 객실 중간에 놓인 별빛 영사기가 벽과 포스터와 페그스의 얼굴에 수많은 광점을 뿌리고 있었다. 다른 학생용 객실들과 마찬가지로 일반 침대 두 개 대신 창문 양쪽으로 벙커 침대가 놓였고 그 아래에는 각각 옷장 하나와 옷걸이 못이 한 줄로 박혀 있었다. 페그스는 그 옷걸이 못에 수많은 깃털 목도리와 진주 목걸이와 엄청나게 많은 망사를 걸어 뒀다.

오른쪽 침대는 사용하지 않는 것처럼 보였다. 플린은 마담 플로레트의 객실 대신 이곳에 살면 좋겠다는 생각이 불현듯 들었지만, 마담 플로레트가 다른 객실로 옮겨도 좋다고 허락할 리는 없을 것 같았다.

"다른 데서 만나는 게 더 나을 걸 그랬다."

플린 등 뒤에서 웅얼거리는 목소리가 들려왔다.

"학생용 침대차 한가운데에 있는 객실보다 창고가 훨씬 눈에 안 띈단 말이야."

플린의 심장이 공중제비를 넘었다. 얼른 뒤를 돌아보니, 페도르가 문 바로 옆에 서서 알록달록한 그림과 깃털 목도리와 광점들로 가득한 이 세상이 마치 악몽이라는 듯이 두리번거리는 중이었다.

"왔구나."

플린은 마음이 놓였다. 자기가 페도르와 얼마나 가까이 있는지 깨닫고는 얼른 뒤로 한 걸음 물러났다. 페도르가 풍기는 연소된 석탄과 기름의 떫은 냄새에 살짝 어지럼증이 일었다.

"올 줄 몰랐어. 일은 빼먹은 거야?"

"빼먹어?"

페도르가 어이없다는 얼굴로 플린을 빤히 노려봤다. 플린은 그 시선을 피하느라 눈을 깜박였다.

"난 필요에 따라 작업을 나눠. '빼먹지' 않아. 여기서 일을 한다면 너도 알게 될 텐데."

페도르는 비난하는 눈길로 플린을 보며 팔짱을 꼈다. 플린은 한순간 페도르를 부르지 말걸 그랬다고 후회했다. 공기가 왜 이렇게 탁해졌지?

아이들이 커다랗고 둥근 모자 상자 주위에 둘러앉았다. 페그스는 상자 뚜껑을 열어, 여전히 서 있는 페도르에게 건넸다.

"먹어."

검댕이 묻고 음침한 페도르의 형체가 어둠 속에서 느릿느릿 모습을 드러냈다.

"아니, 됐어."

페도르가 퉁명스럽게 대꾸했다.

"플린이 불러서 온 거지 너희가 벌이는 한밤중의 군것질 파티 때문에 온 게 아니야. 자, 플린. 왜 나를 오라고 했지?"

"내가 누굴 찾는 중이거든……."

플린이 물 한 컵을 천천히 흘리듯 말했다.

페도르가 기분이 안 좋은 보디가드처럼 문 옆에 버티고 서 있는 동안, 플린은 양반다리를 하고 양탄자 바닥에 앉아 있었다. 자신이 평소보다 더 보잘것없게 느껴졌다. 잠옷과 가운을 입은 플린과 페그스와 카심은 페도르보다 훨씬 어려 보였다. 아이들과의 거리가 좁혀질 것 같지 않았다. 잠옷이 학교 색깔인 청록색과 금색이고, 월드 익스프레스 로고가 박혀 있었지만 그런 건 아무 소용도 없었다.

"자, 그럼 나는 일할 게 있어서."

자기가 없으면 기차 전체가 돌아가지 않는다는 듯이 페도르가 말했다.

플린은 페도르와 같은 아이가 어떻게 안개 공작인지 의아했다. 페도르는 자기 자신을, 자신의 잠재력과 재능을, 미래를 믿어야 했다. 가라비나처럼 자의식이 넘치는 아이는 페도르와 잘 어울릴 거라는 괴로운 생각이 불현듯 들었다. 플린은 최대한 재빠르게 욘테의 엽서를 꺼내서 무리 한가운데에 있는 모자 상자 위에 탁 소리 나게 내려놓고 말했다.

"여기 이거. 너희들 도움이 필요해."

페그스와 카심과 페도르는 작고 두툼한 종이에 불과한 엽서가 갑자기 쉿소리를 내거나 객실을 날아다니거나 뭔가 마법을 부릴 거라고 기대하듯이 뚫어지게 바라봤다.

137

"만져 봐도 돼."

플린이 말했다. 온몸의 신경이 곤두서는 것 같았다. 이 아이들이 엽서에 대해 무슨 말을 할까?

"이게 뭐야?"

카심이 의아하다는 표정으로 묻자 플린은 그의 손에 엽서를 쥐여주며 대답했다.

"엽서잖아. 여기서 유일하게 마법적인 요소는 나 말고는 아무도 볼 수 없는 월드 익스프레스뿐이야."

"'우리' 말고는."

페도르가 이렇게 대답하며 바닥에 앉았는데, 너무 가까이 앉는 바람에 플린은 갑자기 열기를 느꼈다.

페도르의 팔이 가볍게 플린의 팔을 스쳤다. 플린이 느끼기에 페도르는 일부러 2초쯤 시간을 끌다가 팔을 치우는 것 같았다. 잠옷이 두 사람의 팔 사이에 있기는 했지만 플린은 전기가 살짝 통한 것처럼 피부가 간지러웠다. 욘테 오빠에게서 느꼈던 가까움과는 아주 다른 느낌이었다.

페도르는 카심이 다 읽자마자 엽서를 잡았다.

"공작과 안개 공작들은 기차를 알아볼 수 있어. 이건 '티모시와 닉스' 카드인 것 같다."

"누구라고?"

플린이 물었다.

"티모시와 닉스."

페도르가 손가락으로 엽서 가장자리를 훑으며 말을 이었다.

"가장자리에 양각이 있는 한정판이야. 나도 산 적이 있어. 최소한 1년 반은 됐을 텐데. 누가 보낸 거지?"

"오빠가."

플린은 이렇게 대답하고는 페도르와 페그스, 카심을 차례로 바라봤다.

"정확하게 말하자면 아버지가 다른 오빠야. 그런 남자 형제가 네 명 있는데, 욘테 오빠는 장남이야. 나를 이해해 주는 유일한 형제이기도 하고."

플린의 눈앞에 낡은 헛간에서 보낸 한없이 긴 여름, 길고 길었던 오후가 나타났다. 욘테와 플린은 재미있는 잡동사니를 뒤지며 헛간에서 시간을 보내곤 했다. 플린의 부메랑과 낡은 탈곡기도 거기서 발견한 거였다. 통학 버스로 한없이 오래 걸리던 등하교 시간, 정처 없이 함께 쏘다니던 밀밭도 떠올랐다. 모두 오래전 일이었다. 지금은 싸움질과 묵은 빵, 헛간 뒤에 숨어 몰래 독주를 마시는 얀닉뿐이었다.

"흠, 반쪽짜리 오빠는 온전한 오빠는 아니지."

페그스가 경솔하게 말했다.

"욘테 오빠는 예외야."

플린이 대답하며, 페도르가 마치 오래 보면 안 되는 위험한 물건처럼 엽서를 다시 자기 가운 주머니에 넣는 모습을 지켜봤다.

"어쨌든 느낌은 그래. 욘테 오빠는 뭔가 특별했는데, 2년쯤 전에 사라졌어. 내 짐작에 오빠는 익스프레스 차표를 받은 것 같아."

페그스가 이맛살을 찌푸리며 물었다.

"2년쯤 전이라고? 그러면 지금 2학년일 텐데. 난 여기 있는 학생들을 모두 알아. 네 오빠 어떻게 생겼어?"

플린은 대답을 하려고 입을 열었다가 다물었다. 오빠의 '지금' 외모에 대한 질문이잖아. 오빠는 분명히 아주 많이 변했을 텐데.

"키가 커."

'그건' 거의 변하지 않은 사실일 테니 플린은 그것부터 말했다.

"굼뜨지 않고 호리호리해. 머리카락은 나보다 약간 더 환하지. 먼지처럼 밝은색이야. 적당히 헝클어뜨릴 만큼 언제나 길고. 오빠는 머리카락을 헝크는 걸 좋아했어. 늘 미소를 활짝 짓고, 얼굴에 주근깨가 있어. 눈동자는 연갈색이야. 아주 연해. 그리고 언제나 체크무늬 셔츠를 입었는데, 나보다 더 잘 어울렸지."

플린은 잠시 주저했다. 귀가 뜨거워지는 걸 느꼈으므로 잘 감추어져 있는지 보려고 재빨리 머리카락을 쓸었다. 마지막 정보는 욘테 오빠보다는 자기 자신에 대한 정보 같아서 부끄러웠다.

"잠깐만. 너 혹시 '네 오빠' 셔츠를 입었어?"

페그스의 질문에 플린은 귀에 정말로 불이 붙은 느낌이 들었다. 오빠의 낡은 셔츠를 입는 이유는 오빠에 대한 추억 때문이기도 하지만, 키가 더 크는 바람에 예전에 입던 티셔츠가 작아지자 취했던 가장 값싼 해결책이기도 했다.

"난 셔츠를 좋아해."

플린은 힘이 없으면서도 단호하게 대답했다.

페그스가 연민과 전문가의 식견이 섞인 눈길로 플린을 바라봤다. 페그스는 이미 머릿속으로 플린을 새롭게 단장할 목록을 짜는 중인 듯했다.

"그런 아이는 못 본 거 같은데."

페도르의 말에 플린은 서글프게 고개를 끄덕였다.

"나도 못 봤어. 하지만 욘테 오빠는 틀림없이 여기에 있었어. 엽서에 교가를 썼잖아! 오빠가 여기 없었다면 어떻게 그걸 알았겠어? 게다가……."

플린은 팔을 앞으로 뻗어 셔츠 소맷부리를 바깥으로 접었다. 그리고 거기 수놓은 머리글자를 춤추는 별빛 아래서 세 아이가 읽을 수 있게 했다.

머리글자를 본 페그스가 눈을 크게 떴다. 카심은 나지막하게 휘파람을 불었고, 페도르는 각진 턱을 팽팽하게 당겼다.

플린은 페도르와 페그스와 카심을 차례로 훑어보며 말했다.

"오빠가 기차에서 사라진 것 같아."

몇 초 동안 아무도 입을 열지 않았다. 희미하게 들려오는 밤바람의 울부짖음과 선로 이음쇠를 넘을 때의 덜커덩 소리만 객실로 들어왔다.

제일 먼저 입을 연 사람은 페도르였다. 그는 가운 주머니에서 엽서를 다시 꺼내 우편 소인을 가리켰다.

"읍살라 역은 그다지 크지 않아."

페도르는 생각에 잠긴 채 까칠까칠한 턱을 쓰다듬었다. 그러고는 바작바작 소리를 내는 불길처럼 따뜻하면서도 거친 목소리로 말을 이었다.

"네 오빠는 기차 안에서 실종됐다고 하는 게 더 맞을……."

141

그가 말을 멈췄다.

'기차 안에서 실종됐다.' 이 말에 모두 소름이 돋았다. 월드 익스프레스를 뭔가 위험한 것, 숨을 헐떡이는 맹수로 만드는 말이었다. 덜컹이는 바퀴와 어두운 통로, 깜박이는 조명, 돌풍과 함께 객실로 슬쩍 스며드는 그림자를 지닌 맹수였다. 밤이 되면 호화로운 마법 기차는 안락하고 따뜻한 집이 아니었다. 플린은 이제야 아주 확실하게 그 사실을 깨달았다. 이곳은 밤이면 무시무시한 장소로 변했다. 밤이 되면 마법은 위험했다.

한기를 느낀 플린은 가운을 더 단단하게 여몄다. 갑작스러운 이 한기가 현실인지 아니면 주문으로 불러낸 건지 알 수 없었다.

"플린, 네 말은 믿어. 하지만 어떻게 여기서 누군가가 그냥 사라질 수 있겠어?"

페그스가 나지막하게 말했다. 도자기 같은 피부 아래에 있는 짙푸른 핏줄이 영사기 불빛에 또렷하게 드러났다.

카심은 불안한 표정으로 눈을 몇 번 깜박이고 말했다.

"불가능한 일이야."

그러고는 모자 상자에서 초콜릿을 하나 꺼냈다.

"하지만 아이디어가 하나 생각났어. 네 오빠의 차표는 아직 여기 있을 거야. 건너가서 찾아보자. 어쩌면 우리를 도와줄 어떤 흔적이 차표에 남아 있을지도 모르지."

'쏴아.'

차가운 돌풍에 모두 소스라치게 놀랐다. 시끄러운 소리를 내며 문이 활짝 열렸다. 어슴푸레한 오렌지색 조명에 에워싸인 커다란 어른이 통로에 서서 객실을 들여다봤다.

"나도 초대받은 건가?"

그 형체가 물었다.

플린은 뱀을 만난 토끼처럼 얼어붙었다. 도대체 누구인지 아이들이 미처 알아보기도 전에 그 형체는 객실로, 페그스의 별빛 우주로 들어오더니 문을 닫았다.

"소소한 야식용 음료수를 뇌물로 가져왔지."

그러고는 그가 음료수 캔이 가득한 상자를 바닥에 내려놓았다. 어리둥절해진 플린은 벙글거리는 다니엘의 얼굴을 빤히 바라봤다. 은색 별빛을 쏟아내는 영사기 불빛 아래에서 보니 그는 다른 어느 때보다도 더 노루처럼 보였다. 야행성이고 잡기 어려운 노루.

"창고 차량에 아무렇게나 놓인 초대장을 봤지."

다니엘이 말했다. 그는 한숨을 내쉬며 카심과 페도르 사이에 앉더니 캔을 막 따려고 했다.

플린은 페도르를 흘낏 바라봤다. 자기가 아무렇게나 놓아두었다는 초대장에 놀란 페도르의 얼굴이 몇 년은 더 어려 보였다. 페도르의 표정이 지금처럼 예민하게 보일 때, 플린은 그가 무척 가깝게 느껴졌다.

플린은 다니엘이 건네주는 캔을 받아 상표를 살펴봤다.

"이건 독주네요. 나는 술을 마시지 않아요. 교장 선생님이 주더라도 안 마셔요."

화들짝 놀란 플린이 단호하게 말하자, 카심이 웃음을 터뜨리고 **143**

캔 하나를 집었다.

"이봐, 천재 아가씨. 이건 생강 스나프야. 유감스럽게도 100퍼센트 무알코올이지."

다니엘은 거품이 이는 캔을 페그스에게도 건네며 자신이 고른 음료수를 옹호했다.

"그래도 흔들면 재미는 있어."

"고맙습니다."

페그스가 인사하고서 다니엘에게 모자 상자를 내밀었다.

"우린 라헨스나프가 있어요."

플린의 귀엔 네 명 모두 특이한 질병을 앓는다는 말처럼 들렸다.

"아."

다니엘이 자기도 같은 생각을 했다는 듯이 대꾸했다. 그러고는 상자에서 작은 금속 캔 하나를 집어 들며 고백했다.

"사실 나는 터키 꿀을 아주 좋아한단다."

그 금속 캔은 마법으로 만들어진 물처럼 반짝였다. 캔뚜껑에는 '할바 ― 네덜란드에서 만든 터키 꿀'이라고 작게 새겨져 있었다.

"그건 부끄러워 할 일이 아니에요."

페그스가 눈을 내리깔고 말했다.

플린은 당황한 얼굴로 페그스에게서 캔으로 눈길을 돌리곤, 불편한 침묵을 깨려고 큰 소리로 물었다.

"터키 꿀을 왜 홀란드에서 만들어?"

"네덜란드야."

카심이 플린의 말을 고쳤다.

"거기서 라헨스나프의 달콤한 군것질거리가 모두 생산되지."

그가 모자 상자를 플린에게 건넸다.

"달 라헨스나프는 신이나 마찬가지야. 세상에서 가장 뛰어난 군것질거리 제조업자거든. 전 세계 역에서 자기 제품을 팔고 있어. 마드리드에 가면 어떤 물건이 있을지 벌써 기대된다."

모자 상자를 들여다본 플린은 꽤 놀랐다. 살면서 한 번도 못 본 달콤한 군것질거리가 상자 꼭대기까지 가득 차 있었다. 초코볼 사탕 한가득, 유명한 악당 모양의 식용 색종이, 치약 튜브와 너무나 비슷하게 보이는 거품 나는 껌(껌을 씹는 동안 이를 닦는 척 할 수 있다.), 진짜 금처럼 보이는 동전 초콜릿 한 자루가 보였다. 식용 색종이에는 '식인종도 인간을 먹는다.'라고, 발포 분말 청량제가 담긴 보라색 상자에는 '목과 머리카락이 상함. 그래도 정말 괜찮겠어?'라고 적혀 있었다.

웃음을 참느라 플린의 입꼬리가 경련을 일으켰다. 라헨스나프라는 사람의 유머는 정말 독특하구나.

카심이 작은 상자를 플린 코앞에 들이밀며 물었다.

"악당 색종이 한 장 먹어 볼래?"

플린이 '후크 선장'을 먹어 보니 블루베리 맛이 났다.

페도르의 눈이 공격적으로 번뜩였다. 다행스럽게도 바로 그 순간 다니엘이 터키 꿀에서 손을 떼고서(하기야 남은 게 없었다.) 생강 스나프 캔을 들고 물었다.

"자, 뭘 위해 건배할까? 카심의 머리카락을 위해? 다음에는 초록색으로?"

145

"아니요, 수색을 위해."

플린이 말했다.

"그러지 뭐."

다니엘이 대답하고 생강 스나프 캔을 흔들었다.

"수색과 발견을 위해. 열쇠들과 원래의 머리카락 색깔을 위해. 아, 컬리와 잠깐 얘기할 게 생각났다."

그가 음료수를 한 모금 마시고 막 일어나려고 하는데, 객실 문이 요란한 소리를 내며 다시 열렸다.

"어쩐지 목소리가 들리더라!"

조명이 비추는 통로에, 뱃머리 장식처럼 몸을 앞으로 숙인 가라비나가 팔짱을 끼고 서 있었다. 다니엘을 무시하고 새된 소리를 지르는 것으로 미루어, 객실에서 무슨 일이 벌어지고 있는지 잘 모르는 듯했다.

"이 시간에 여기서 뭐 하는 거야!"

"네 흉을 보고 있었지."

카심이 대답하며 악당 색종이를 내밀었다.

"자, '바바 야가(러시아 숲에 산다는 요괴)' 하나 먹어 봐. 선갈퀴 맛이 나."

"충치 맛이 나지."

싸늘한 목소리가 들려왔다. 가라비나 뒤에서 마담 플로레트가 모습을 드러냈다. 누비 가운 차림에 얼굴엔 분홍색 크림을 발랐고 한 손에는 서류철을, 다른 손에는 둥글게 말린 편지를 들고 있었다.

146 "쿨리코프, 자정 파티 초대장을 아무 데나 놓아두면 안 되죠."

마담이 객실을 쏘아보고 말을 이었다.

"이티겔, 또 당신이군요! 이 객실을 당신의 '참실'로 지정해 준 기억이 없는데요."

마담이 새빨간 손톱으로 북 치듯이 서류철을 두드렸다.

"참실."

페그스가 마담의 말을 따라하고는 나지막하게 킥킥 웃었다.

"이티겔, 두 번째 규칙이 뭐지요?"

마담 플로레트가 물었다.

'아이고, 지금 규칙을 따지기에는 너무 늦었잖아.'

플린이 지쳐서 생각했다. 단것을 너무 많이 먹어서 속이 메슥거렸다. 그저 어서 잠자리에 들고 싶었다.

"자정 이후에는 생강 스나프 금지?"

플린이 아무렇게나 대답했다.

가라비나가 눈을 흘겼고, 페그스는 '츠츰 스근' 비슷하게 들리는 꽉 눌린 소리를 냈다.

"취침 시간."

플린이 냉큼 대답을 고쳤다.

"취침 시간에는…… 생강 스나프 금지?"

마담 플로레트가 서류철을 또 다다닥 두드렸다. 플린이 지금 자기를 놀리는지 어쩐지 고민하는 표정이었다.

"이티겔, 내가 당신이 이 기차에서 쫓겨나게 조치할 거예요!"

바로 그 순간, 다니엘이 입을 열었다.

"내 생각에는 말이지요. 자정에 생강 스나프를 마셨다고 공작을 기차에서 쫓아낸 적은 지금까지 한 번도 없었어요."

그가 몸을 일으키더니, 무거운 조명 빛과 깃털처럼 가벼운 별빛 영사기 빛이 컵에 든 물처럼 섞이는 객실 문 쪽으로 나섰다. 다니엘을 본 가라비나가 너무 놀란 표정을 짓는 바람에 플린은 자기도 모르게 이 순간을 즐겼다. 얼굴에 저절로 미소가 활짝 떠올랐다.

"다니엘!"

2, 3초간 그를 노려보던 마담 플로레트가 드디어 입을 열었다.

"내가 말했잖아요. 플린나 이티겔이 여기저기 염탐하면서 문제를 만들고……."

그러다가 자신의 고민이 무척 비밀스럽다는 결론을 내렸는지 말을 맺지 않았다.

다니엘이 통로로 나서더니, 마담의 말을 전혀 듣지 못했다는 듯 흥겹게 말했다.

"자기, 그 마법 같은 크림은 뭔가요? 요즘 입꼬리가 살짝 당기는데, 혹시 그 크림이 나에게도 도움이 될까요?"

마담이 죽일 듯한 눈길로 쏘아보자 다니엘이 입을 다물었다가 다시 뗐다.

"자, 나는 그럼 할 일이 있어서. 신사 숙녀 여러분, 안녕히 주무세요. 내일 아침 일찍 마드리드에 도착할 때 늦잠을 자는 사람이 있으면 안 됩니다!"

다니엘이 살짝 머리를 숙여 인사했다.

"마드리드라니, 웃기지도 않아!"

마담 플로레트가 분노를 터뜨리며 서류철과 만년필을 똑바로 들고는 플린과 페그스, 카심을 차례로 노려봤다.

"듣자 하니, 라테피 라람비가 주방에 설거지거리가 아주 많다고 하더군요. 그걸 '여러분'이 맡아서 해요. 내일 오후에는 반짝반짝 윤이 나게 닦인 접시를 보고 싶군요. 175개 모두 '두 번씩' 윤을 내요. 라테피한테는 여러분에게 보수를 주지 말라고 말해 두겠어요. 그 마음씨 좋은 요리사가 여러분에게 롤링을 슬쩍 챙겨 줬다는 걸 내가 알게 되면 아주 큰일 날 줄 알아요!"

가라비나가 만족스러운 표정을 짓더니 캐물었다.

"석탄 소년은 어떻게 하실 거예요?"

그 말에 마담 플로레트가 어찌나 인상을 찌푸렸는지, 분홍색 크림이 갈라지기 시작했다. 마담이 한숨을 내쉬고 대답했다.

"쿨리코프는 익스프레스 직원이라서 아무데서나 저녁 시간을 보낼 수 있어요."

마담이 만년필을 지휘봉처럼 들고 말을 이었다.

"하지만 이런 일이 다시는 없길 바랍니다! 이제 다들 침대로 조용히 돌아가요. 하벨만, 그 유치한 영사기 좀 꺼요."

플린과 카심, 페도르는 남학생 침대차로 살그머니 들어갔다. 통로는 어스름한 조명이 일으키는 깜박임과 그림자와 타 버린 먼지 냄새로 가득했다.

세 번째 침대차의 어느 칸막이 객실 앞에서 카심이 멈춰 섰다. 염색한 머리카락 몇 올이 어둠 속에서 마치 먼 바다의 등대처럼 푸른 형광빛으로 반짝였다. 요정들이 그 머리카락에 깃들여 사는 것 같았다.

"내일 밤에 네 오빠 차표를 찾아보자."

카심이 반짝거리는 머리카락 한 올을 이마에서 쓸어 올리면서 말했다.

"욘테가 이 기차에 있었다면 우리가 차표를 찾아낼 거야."

플린은 목에 큰 덩어리가 걸린 느낌이었다. 머리카락이 반짝이든 아니든, 밤에 고요한 통로에서 욘테를 찾는다는 건 위험한 놀이처럼 생각됐다. 앞을 예측할 수 없는 어두운 놀이.

"그래."

플린이 대답 뒤에 덧붙여 물었다.

"그런데 너희들, 마담 플로레트가 그럴 거라고 예상했어?"

"당연하지."

카심이 투덜거렸다.

"접시 숫자를 정확하게 알고 있다니, 정말 놀라워!"

그러더니 페도르에게 물었다.

"하지만 너도 직원이니까 알고 있었겠다. 그렇지?"

카심은 아직 불이 켜진 객실 문을 열고 잘 자라는 인사도 없이 안으로 들어갔다.

"거만한 녀석, 나는 화부야. 접시닦이가 아니라고!"

페도르가 중얼거렸다.

둘은 교사용 침대차에 도착했다. 마담 플로레트의 객실 앞에서 플린이 말했다.

"나는 접시에는 관심 없어. 가라비나를 말한 거야. 왜 '그 애'는 밤에 마음껏 돌아다녀도 되지?"

페도르는 양손을 바지 주머니에 넣은 채 통로를 바라보며 대답했다.

"나도 몰라. 그런데 나라면 마담 플로레트가 왜 너를 그렇게 두려워하는지 고민해 볼 것 같다."

플린이 눈썹을 치켜세웠다.

"마담이 나를 두려워한다고?"

아침에 엿들은 말이 떠올랐다. 마담의 불신은 정말 나에게서 어떤 위험을 본다는 뜻이겠구나. 하지만 내가 왜 위험하지? 난 그저 욘테 오빠를 찾으려는 것뿐인데…….

어머나!

플린은 오렌지색 조명을 보며 눈을 깜박였다. 욘테 오빠!

"그 플로레트가 욘테 오빠를 알까?"

"'그' 플로레트라고? 플린, 너 진짜 공작들처럼 말한다!"

플린의 눈길을 마주한 페도르가 입을 다물었다. 그러다가 자기 목덜미를 손으로 쓸고서 말을 이었다.

"나도 몰라. 어쩌면 기억할지도 모르지."

플린은 당황해서 아무 말도 하지 않았다. 마담 플로레트가 뭔가 감추려는 걸까?

"내 말 들어 봐."

페도르가 플린의 눈을 똑바로 바라보며 말했다. 페도르의 눈길은 어둡고 깊었고, 눈동자에서 아주 작은 금빛 점들이 반짝였다.

'마법 같다.'

플린이 생각했다. 검댕이 묻어 있었지만 페도르는 이 기차와 마찬가지로 무척 매력적이었다. 그가 살짝 미소를 지었다. 진지하던 그의 표정이 느긋해지자, 두 사람 사이의 분위기가 불현듯 따사로워졌다.

"너는 혼자가 아니야. 알았지?"

페도르의 말에 플린은 입술을 깨물었다. "나도 알아."라고 대답하려고 했다. 아니면 최소한 "고마워."라거나. 하지만 자기가 '정말로' 아는지 확신할 수 없었다.

그래서 그의 말에 대답하지 않고 인사만 했다.

"잘 자."

페도르가 팔을 축 늘어뜨리고 대답했다.

"그래, 잘 자."

두 사람은 서로 밀어내는 두 개의 자석처럼 각각 다른 방향으로 갔다. 플린은 곧장 객실 문을 닫고 심호흡을 했다.

가운 주머니 속, 욘테의 엽서 옆에 설탕을 입힌 라헨스나프 공무원 초콜릿 하나가 들어 있고, 포장지에는 '달이 아는 바와 같이, 관료는 겉이 기름지고 속은 텅 비어 있다.'라고 쓰여 있었다. 플린은 나지막하게 웃음을 터뜨리고서 가운을 벗고 보드라운 이불 안으로 들어갔다.

흔들리는 커튼 때문에 선명하지 않은 흐릿한 달빛 한 줄기가 유리창으로 비쳤다. 플린은 잠시 욘테가 아니라, 마법과 새 친구들을 생각했다. 그리고 둘을 섞은 것 같은 페도르를 떠올렸다.

마드리드

다음 날, 플린과 페그스와 카심은 월드 익스프레스가 마드리드에 도착하는 시간에 맞추어 제때 주방으로 들어섰다. 기차 옆에서 선로들이 갈라졌다. 방금 전까지만 해도 뿌연 햇살을 받던 부드러운 무지갯빛 기관차와 차량들은 마치 만화경에 들어간 것처럼 흐릿하고 희미한 모습으로 유리 지붕이 덮인 플랫폼에 안겨 있었다.

카심은 역의 소란스러움을 조금이라도 들을 수 있게 주방 창문을 위로 살짝 젖혔다. 플린이 놀라서 밖을 내다봤다. 기차 대합실은 기념품 판매대와 멀리 울려 퍼지는 확성기 안내 방송 소리로 가득한, 한없이 큰 공간이었다. 끝없이 윙윙거리는 벌 떼처럼 뒤엉킨 사람들 목소리가 기차 대합실을 가득 채우고 있었다. 사방에서 아이들이 재잘거리고 여행 가방이 바닥을 굴러갔으며 비둘기가 구구 울었다. 왜 역이 따분하다고 생각했을까? 바이덴보르스텔과 달리, 이곳에선 모든 것이 ―사람과 기차, 게다가 빛까지도― 움직였다.

그런데 플린은 이 역에 발을 디딜 기회를 잃고 말았다. 기차 대합실이 벌써 이렇게나 분주한데, 그 옆에 붙어 있는 승객 대합실은 얼마나 더 흥미진진할까!

월드 익스프레스가 증기를 내뿜으며 멈춰 서자, 기차 대합실의 소란스러움에 삐걱거리는 바퀴 소리가 더해졌다. 플린은 몸을 흠칫했다. 공작들이 흥분하여 모든 차량에서 바깥으로 달려 나가자 발밑이 울리는 게 느껴졌다.

한없이 길게 뻗은 승강장에는 반질거리는 어두운 색 돌이 깔려 있었다. 플린은 알록달록한 무늬의 마루 위에서 춤을 추는 무용수가 스텝을 밟듯이 몇몇 공작들이 돌 위를 걷는 소리를 들었다. 수많은 학생들이 배낭을 어깨에 휙 걸치고 돈을 찾느라 주머니를 뒤졌다. 엄청난 역의 크기에 주눅 든 인상을 주는 학생은 아무도 없었다. 플린은 가슴이 따끔거렸다. 나도 다른 아이들처럼 걱정거리가 없고 자유롭다면 얼마나 좋을까.

승강장에 있는 승객들 중에 구식 기관차에 관심을 보이는 사람은 아무도 없는 듯했다. 마담 플로레트가 학생들 이름을 한 명씩 부르며 목록에 표시를 할 때도 마찬가지였다.

"2학년의 제로니모 마라가 그러는데, 대합실에 파충류가 있대."

페그스가 망설이며 입을 뗐다.

"체스터필드엔 금이 가득한 냄비가, 베네치아에는 인어가 있단 말도 하더라고. 그래서 〈세계 유랑객을 위한 지도〉에서 찾아봤어."

페그스가 한숨을 내쉬고 말을 이었다.

"그 말이 맞더군."

카심의 눈이 동경으로 빛나기 시작했다. 그가 창문에서 시선을 떼고 물었다.

"어떤 파충류?"

페그스는 바로 대답하지 않고, 건너편 승강장에서 개를 데리고 급행열차에 올라타는 젊은 가족을 바라보다가 말했다.

"몰라. 어쨌든 나도 가 보고 싶어. '다른 아이들'은 볼 수 있고 우리는 못 본다는 거, 너무 부당해."

페그스가 눈짓으로 승강장을 가리켰다.

주방 창문 바로 아래에 가라비나가 서 있었다. 다른 학생들이 모두 승강장을 떠나고 한참 지난 뒤, 마담 플로레트가 가라비나에게 다가가서 물었다.

"더 필요한 거 있어요?"

가라비나는 "더 많은 '예산'"과 비슷하게 들리는 말을 했다. 싹싹한 대답이라기보다는 요구였다.

플린은 페그스와 카심을 흘낏 바라봤다.

"'에클레르?' 달콤한 걸 입힌 맛있는 케이크 말이야?"

페그스가 소리 내지 않고 입술만 움직여 물었다.

"예산. 돈을 말하는 거야. 돈이 더 필요하대."

플린의 설명에 페그스가 놀란 표정을 지었다.

아이들은 두툼한 유리창에 귀를 바짝 가져다 댔다. 마담 플로레트가 주변을 몇 번 둘러보더니 목소리를 낮췄다.

"규칙에 분명히 어긋나는 것을 사는 데에 학교가 돈을 쓰지 않는다는 거야 이미 알고 있잖아요."

"학교는 그런 거에 관심도 없죠."

가라비나가 싸늘하게 대꾸하고 손을 내밀었다.

마담은 잠시 망설이다가, 정장 바지 주머니에서 초록색 지폐 두 **155**

장을 꺼내 가라비나 손에 쥐여 주며 말했다.

"당신이 추가로 하는 일에 대한 대가예요."

플린은 자기 눈을 믿을 수 없었다.

가라비나가 눈썹을 치켜세우고 마담 플로레트를 쳐다보며, 여전히 손을 내민 채 물었다.

"위험수당은요?"

가라비나가 내민 손을 보고 먹이를 준다고 생각했는지 까마귀 떼가 날개를 퍼덕이며 날아왔다. 가라비나는 비명을 지르며 새들을 쫓아 버리려고 했다. 까마귀 떼가 까옥까옥 울면서 안내판과 월드 익스프레스 지붕에 내려앉았다.

마담 플로레트는 이제 더는 참을 수 없었다.

"가라비나, 이제 그만하죠! 다니엘이 보기 전에 얼른 돈 넣어요."

"다니엘은 뭐든지 다 보면서 알아채는 건 하나도 없어요."

가라비나가 지폐를 접어 바지 주머니에 어찌나 느긋하게 넣는지, 플린은 화가 나서 속이 심하게 메슥거릴 지경이었다. 저렇게 큰 돈을 어쩜 저리도 당연하다는 듯이 받을까?

"이제 아마도 굽이 더 높은 구두를 사겠군!"

흥분한 플린의 말에 카심이 중얼거렸다.

"그것보다 훨씬 더 위험한 걸 살 거야."

노크 소리에 셋 모두 화들짝 놀라 뒤돌아섰다. 페도르가 주방차 통로에 서서, 미닫이문에 난 유리창으로 안쪽을 노려보고 있었다.

"참 대단하군."

카심이 한숨을 내쉬었다.

"저 석탄 소년은 우리가 정말로 174개의 접시에 제대로 광택을 내는지 감시 중일 거야. 그것도 두 번씩."

플린이 이마를 찌푸리고 나지막하게 대꾸했다.

"175개야."

그리고는 주방을 가로지르며 덧붙였다.

"그리고 석탄 소년이 아니라 페도르고."

페도르를 어제 저녁 이후로 다시 보는 게 신경 쓰였다. 어제는 플린이 설명할 수 없는 뭔가가 있었다. 창틀 아래의 팔랑이는 글자처럼 심장을 팔딱팔딱 뛰게 만드는 뭔가가.

플린이 문을 밀었다.

"안녕, 페도르!"

"안녕."

페도르가 플린에게는 부드러운 목소리로, 페그스와 카심에게는 내키지 않는 목소리로 인사했다. 플린은 그대로 서서 팔짱을 꼈다.

"플린과 시시덕거리고 싶으면 바깥에서 해."

카심이 인상을 찌푸리며 말했다.

페도르의 얼굴이 어두워졌다.

"너랑은 다르게, 나는 같이 시시덕거릴 사람은 있는 거네."

플린은 놀라서 페도르를 빤히 보며 생각했다.

'부정하지 않네, 페도르가. 부정하지, 않아!'

"나도 있다고."

카심이 대꾸하고는 페그스를 돌아봤다.

"아무리 기다려 봐라."

페그스가 퉁명스럽게 말하고서 행주로 카심을 때렸다.

플린은 주방에서 통로로 나선 다음, 주방문을 닫았다. 기차가 너무 조용해서 귀가 먹먹했다.

"그래, 무슨 일이야?"

플린은 마음속에서 번져가는 불안 때문에 짜증이 났다. 불현듯 페도르에게 시비를 걸고 싶은 마음이 들었다.

페도르는 강렬한 눈빛으로 플린을 바라보다가 입을 열었다.

"오늘 조금 일찍 일을 마치려고 해. 10시 조금 전에. 욘테 때문에 그래. 너, 공작들의 차표를 뒤지고 싶어 했잖아. 그렇지?"

"그래서?"

플린은 이렇게 되묻고는 그 말이 얼마나 불쾌하게 들리는지 깨닫고서 입술을 깨물었다. 얼른 미안하다는 미소를 지어 보였지만, 페도르의 당황한 눈길로 판단할 때 오히려 이를 가는 것처럼 보인 모양이었다. 플린은 끔찍한 느낌이 들었고, 이 상황을 어떻게 바꾸어야 할지 알 수 없었다.

"그래서? '그래서'라고? 10시 전이면 네가 기차에서 여기저기 돌아다녀도 괜찮잖아. 우리가 함께 다닐 수 있다고 생각했지."

플린은 팔을 축 늘어뜨렸다. 페도르의 말이 옳아. 그가 옳았고, 욘테 오빠를 찾는 걸 도와준다니 정말 고마운 일이야. 내가 페도르에게 이렇게 바보처럼 행동할 이유가 없는데.

"알았어. 페그스랑 카심에게 얼른 알릴게……. 왜 그래?"

페도르는 비난하는 눈길로 플린을 노려보더니, 자존심이 강하게 드러나는 목소리로 말했다.

"나는 그 아이들과 한통속이 아니야. 그건 너도 마찬가지고. 플린, 넌 차표가 없잖아."

"그 사실을 계속 상기시키지 마!"

플린이 싸늘하게 말했다. 기차에서의 삶을 싫어지게 만드는 페도르의 태도에 점점 짜증이 났다.

페도르는 턱을 내민 채 입을 다물고 있었다. 어제 페그스의 객실에서 느꼈던 불편한 분위기가 불쑥 다시 번져 갔다.

플린은 심호흡을 하고 부탁했다.

"그래도 온다고 말해 줘. 10시 조금 전에 휴게실로."

학생들은 모두 그곳에서 만났고 사람을 놓칠 염려도 없었다. 그곳은 칸이 나뉘지 않은, 유일하게 넓은 공간이었다.

"'공작' 휴게실 말이구나."

페도르가 더 정확하게 고쳐 말했다.

"난 거기 절대 안 가. 공작들이 날 무시하니까. 난 그저 석탄 소년일 뿐이지. 얼굴에 검댕이 묻고, 예의범절을 모르는 석탄 소년."

플린은 이맛살을 찌푸렸다. 어떻게 생각하는 게 좋을지 알 수 없었다. 페도르는 한편으로 자기 일을 자랑스러워하는 것 같았고, 또 한편으로는 자기가 남다른 일을 한다는 걸 마음에 들어 하지 않는 것처럼 보였다. 도대체 뭐가 문제일까? 페도르는 뭘 원하는 거지?

"그럼 그러든가."

플린이 막연하게 대답했다.

"어쨌든 오늘 저녁에 봐. 올 거지?"

페도르가 뭔가 투덜거렸다. 플린은 더 나쁜 대답을 듣기 전에 얼른 주방으로 들어갔다.

오전의 태양이 철제와 유리로 된 뜨거운 반원형 지붕을 지나면서 기차 대합실이 뜨거워지는 동안, 플린은 월드 익스프레스 주방 창문에서 175개의 접시 숫자만큼이나 많다고 느껴지는 재회 순간들을 목격했다. 사람들은 꽃다발을 건네고, 포옹하고, 입맞춤을 나누었다. 신이 나서 팔짝팔짝 뛰는 아이들을 보며, 플린은 자신이 어쩐지 나이가 들었다고 느꼈다. 엄마를 다시 만나는 걸 아주 좋아하던 나이에서 벗어난 게 언제더라?

"우웩."

카심이 구역질을 하며 특히 더 더러운 접시를 씻었다.

"이건 가라비나의 접시일 거야. 얼마 남지 않은 뇌를 토했군."

플린이 웃으며 접시를 넘겨받아 문지르면서, 다른 승강장에 있는 걸인을 바라봤다. 불쾌한 목소리가 마음속에서 고함을 질렀다.

'욘테 오빠도 운 나쁜 일을 당해서 저렇게 살고 있을지도 몰라.'

그 상상은 유독 물질처럼 플린의 내부를 갉아먹었다.

손에 비누 거품을 잔뜩 묻힌 카심이 창가로 다가와서 한숨을 내쉬고는 말했다.

"부자들이 왜 걸인을 돕지 않는지 늘 의문이야."

커다란 수프 용기를 닦고 있던 페그스가 두 사람에게 고개도 돌리지 않은 채 대꾸했다.

"부자들은 걸인에 대해 알지도 못할 거야. 엄마와 아빠랑 여행 다닐 때, 가난한 사람들이 있는 곳에서는 부자를 본 적이 없어."

카심은 미심쩍다는 듯이 눈썹을 치켜세웠지만 반대 의견을 말하지는 않았다.

플린이 페그스를 돌아보며 물었다.

"어떤 여행 말이야?"

페그스는 그릇을 닦는 걸 멈추고 하나씩 세기 시작했다.

"몰도바, 아일랜드, 리히텐슈타인. 아, 그런데 가장 아름다운 곳은 항상 룩셈부르크였어!"

여행지 열거에 플린은 말문이 막혔다. 이렇게 잦은 휴가를 보내는 가족이 많다는 사실을 상상할 수 없었다.

"페그스 부모님은 인형극을 하셔. 익스프레스에서 학업을 마친 후부터 전 세계를 여행하시지."

플린의 어리둥절한 눈길을 알아챈 카심이 설명했다.

플린은 마음 한구석에 싸늘한 질투심이 일어나는 것을 느끼며 물었다.

"'익스프레스에서 학업을 마친 후부터'가 무슨 뜻이야?"

"우리 부모님은 공작이었어."

페그스가 아무렇지 않게 대답하고 커다란 수프 용기를 선반에 올렸다.

"응, 그래서 페그스는 자기가 월드 익스프레스의 재산이라고 착각하지."

카심이 눈을 흘기며 말했다.

플린은 아무 말 없이 페그스를 빤히 바라봤다. 친구의 가족이 불현듯 너무나 부러웠다.

유리창 앞 승강장에 기숙학교 학생들이 서서히 다시 붐비기 시작했다. 몇몇 지각생이 잡동사니가 가득 든 봉투를 손에 들고 달려왔다. 갈색 종이봉투들에는 T와 N이라는 로고가 인쇄되어 있었다.

부자들에 관한 대화가 신호가 되기라도 한 듯, 주방 미닫이문이 요란한 소리를 내며 열렸다. 겨드랑이에 둘둘 만 종이를 산책용 지팡이처럼 낀 가라비나가 통로에 서 있었다. 가라비나는 온갖 것을 예상했지만, 플린과 페그스와 카심이 정말로 설거지를 하리라고는 상상하지 못했다는 표정으로 세 사람을 둘러봤다.

가라비나는 생각해 둔 경고의 말을 쏟아내지 못해 실망한 얼굴로 한숨을 몰아쉬더니, 빈정대기 시작했다.

"기차에 갇혀 있다니, 정말 운도 나쁘지. 옆에 붙은 승객 대합실에는 엄청나게 큰 열대 정원이 있어. 야자나무가 천장까지 자라더라. 사방에 조각상이 서 있고……. 파충류도 볼 수 있어!"

가라비나가 의기양양하게 자랑했다.

"어떤 파충류?"

카심이 물었다. 그러고는 얼른 눈을 감았지만, 플린은 그의 눈에서 번쩍이던 애처로움을 놓치지 않았다.

가라비나는 잠시 당황하다가 대꾸했다.

"뭐긴, 위험한 파충류지. 아, 그리고 이것도 있었어."

가라비나는 의미심장한 눈길로 플린에게 둘둘 만 종이 하나를 던지더니, 사라졌다.

"잘난 척하기는!"

카심이 화가 나서 통로를 노려봤다. 교사와 학생들의 목소리가 주방까지 들려왔다.

"기껏해야 늙은 거북이 한두 마리쯤 있었겠지."

카심이 나지막하게 중얼거리며 창밖의 걸인을 보다가 페그스에게 말했다.

"가라비나는 내가 아는 사람 중에 제일 부자야. 그리고 '그 애'는 분명히 걸인들에 대해 알고 있을 거고……. 플린, 왜 그렇게 얼굴이 창백해?"

가라비나가 던진 종이를 플린이 막 펼친 순간, 공작새가 내지르는 듯이 날카로운 기적이 기차 대합실과 플린의 몸을 울렸다. 정각 12시였다. 기차가 덜컹, 하더니 기관차가 헉헉 숨을 내뱉으며 움직이기 시작했다. 손에 든 포스터를 노려보던 플린은 자신이 텅 빈 공명체처럼 느껴졌다.

이 아이를 아시나요?

두꺼운 글자 아래 커다란 사진이, 플린의 사진이 붙어 있었다.

'말도 안 돼!'

2년도 넘은 옛날 사진이었다. 사진을 찍던 순간이 정확하게 기억났다. 프로일라인 슐레히트펠트 학교에 입학하는 날이었고, 엄마는 이날을 위해 플린에게 주름 장식이 엄청나게 많은 끔찍한 블라우스를 입히고 머리도 반듯하게 빗겼다. 다른 날과 마찬가지로 체크무늬 셔츠를 입고 있던 욘테는 그 모습을 보고 어찌나 웃어 댔는지 딸꾹질까지 했다.

마지막 접시를 치운 페그스가 포스터를 내려다보고, 이맛살을 찌푸리며 놀란 표정으로 물었다.

"너 혹시 가출한 거야?"

"실수로."

페그스의 놀란 눈길에 플린은 자신이 아주 작고 형편없다고 느끼며 대답했다.

페그스가 팔짱을 끼고 버티고 선 채 말했다.

"사람은 가출을 하거나 실종돼. 네 오빠처럼 말이지. 하지만 '실수로' 가출하는 경우는 없어."

플린은 욘테 오빠도 가출했다가 월드 익스프레스 기차 안에서 실수로 실종된 거라고 생각했지만 그냥 다른 말만 했다.

"우리 엄마가 경찰에 신고했네……."

하지만 플린에게 큰 상처를 준 것은 그 사실이 아니었다. 포스터에 붙은, 깔끔하고 귀여우며 완벽하게 전형적인 여자아이 사진에 심한 충격을 받았다. 사진 속 여자아이는 살짝 당황한 표정이었다. 엄마가 지금 내 모습 그대로인 사진을 경찰에게 주는 걸 창피해한 걸까. 헝클어진 머리카락과 체크무늬 셔츠와 반항적인 눈빛의 여자아이 사진을.

"걱정하지 마. 아무도 너를 알아보지 못할 테니."

카심이 플린 어깨 너머로 창피한 사진을 보며 말했다.

플린은 한숨을 내쉬며, 비난에 가까운 어조로 재차 말했다.

"다니엘이 내가 어디에 있는지 집에 알렸는데도 엄마가 경찰에 신고했어."

하기야 놀랄 일도 아니었다. 호화로운 마법의 기차라니, 그 말을 누가 믿을까? 엄마는 어차피 마법같은 걸 믿지 않을 테니까.

비밀스러운 문서

기차가 마드리드를 출발한 직후에 라테피가 주방에 들어왔다. 그가 금화를 두 개씩 나눠 줘서 플린은 기분이 좋아졌다. 요리사는 카심을 잘 아는 것 같았다. 플린은 친구가 설거지하는 벌을 그동안 몇 번이나 받았는지 궁금했다.

라테피가 '수프와 수프의 일요일'(점심과 저녁에 똑같은 수프가 나오는 일요일)을 위해 최종 준비를 하는 동안, 플린과 페그스와 카심은 손가락이 쪼글쪼글해진 채 주방을 나섰다.

"이게 바로 모두들 이야기하는 그 기차 화폐야?"

플린이 손바닥에 놓인 작고 무거운 동전을 내려다보며 물었다.

"롤링이야."

페그스가 고개를 끄덕이며 대답했다.

"롤링은 모노폴리의 게임머니랑 비슷할 거라고 생각했는데, 이건 정말 진짜 돈처럼 보이네."

"게임머니랑 비슷해."

플린의 말에 카심이 대답하고는, 통로 공기에서 자유의 향기라도 난다는 듯이 심호흡을 했다.

"그 돈으로 진짜 부자가 될 수는 없으니까."

"그런데 얘는 계속 그걸로 부자가 되려고 해."

페그스가 플린 쪽으로 몸을 숙이고 소곤거렸다.

"백개먼 게임(두 사람이 하는 주사위 보드 게임)을 하면서 말이야. 4학년이나 5학년이랑 맞붙지. 정말 바보 같아. 언젠가 가로수가 늘어선 성이라도 사려는 듯이."

카심이 웃음을 터트리고는 한 팔로 페그스의 어깨를, 다른 팔로 플린의 어깨를 감싸며 약속했다.

"그러면 너희 둘 모두 내 성에서 살아도 돼."

셋은 히죽거리며 차량 끝까지 걸었다. 그러다가 플린은 갑자기 얼어붙었다.

차량 문 바로 앞에 커다란 흰색 물체가 눈을 반짝이며 앉아 있었다. 바이덴보르스텔에서부터 본 동물이었다!

플린은 어제 도서관에서 그랬던 것처럼 눈을 꽉 감았다.

다시 눈을 떴는데도 동물은 여전히 그 자리에 있었다. 이제 바로 앞에서 보니 그 동물이 뭔지도 알게 됐다. 호랑이였다.

커다랗고 하얀 호랑이.

플린의 목구멍에서 맥박이 거칠게 뛰었다.

'호랑이가 나를 공격할까?'

차분해지려고 애쓰며 심호흡을 했다. 자세히 봐도 여전히 '흐릿'했다. 위험하다고 말하기에는 너무 가짜처럼 보였다. 통로 한복판에 수채화 물감과 붓으로 그려 놓은 것처럼 윤곽이 흐릿하고 푸석거렸다.

166

호랑이가 플린 쪽으로 고개를 돌렸다. 둘의 시선이 마주쳤다.

놀랍게도 호랑이의 눈은 무척 아름다웠다. 플린은 온 세상이 그 안에 비치는 것 같다고 생각했다. 호랑이는 플린에게 자기를 관찰할 시간을 주었다. 영원처럼 길게 느껴지는 시간이 지난 후에, 호랑이는 마치 '어디 보자……'라고 말하는 듯이 고개를 저었다. 플린은 다급하게 숨을 몰아쉬었다. 호랑이가 나를 어쩌려고 그러지?

바로 그 순간, 호랑이에게 다가간 카심이 '호랑이를 통과하여' 지나가더니 차량 문을 열고 바깥으로 나갔다. 페그스도 그 자리에 아무것도 없다는 듯 호랑이를 통과하여 승강단으로 나갔다. 차가운 가을 돌풍이 밀어닥쳤다. 페그스가 플린에게 몸을 돌리고 물었다.

"왜 서 있어?"

플린은 눈을 깜박거렸다. 바람이 호랑이의 우윳빛 털에서 안개 덩어리를 뽑아냈다. 미처 제대로 보기도 전에 호랑이는 햇살에 스러지는 아침 안개처럼 사라졌다.

플린은 침을 꿀꺽 삼켰다. 페그스도, 카심도 저 호랑이를 못 봤다. 이게 무슨 뜻이지?

망설이다가 두 사람을 따라 외부 승강단으로 나갔다. 이 기차가 비밀로 가득하다는 사실은 이미 알고 있었다. 하지만 그중 많은 것이 플린 자신, 오로지 자신하고만 연관이 있다는 생각은 미처 하지 못했었다.

불행하게도 이날 점심 식사 메뉴는 소의 내장과 이집트 콩이 들어간 냄비요리였다. 플린은 그다지 좋아하지 않았고, 페그스는 말

그대로 기절할 듯 놀랐다.

"이걸 저녁에 또 먹어야 한단 말이지."

페그스가 투덜거리며 기름기 가득한 국물을 저었다.

"그런데 왜 수프와 수프의 '일요일'이어야 하지?"

페그스가 불평을 이어갔다.

"수프와 수프의 수요일이어도 되잖아. 그러면 일주일의 끝이 최소한 세상의 종말처럼 느껴지지는 않을 텐데."

그러고는 식사를 하지 않고 다음 날 아침까지 견딜 수 있을까 곰곰 생각해 보듯이 배를 쓰다듬었다.

카심이 웃으며 눈을 흘겼다.

"라테피가 우리와 마찬가지로 역을 구경하고 싶어하고, 그래서 다양한 메뉴를 준비할 시간이 없으니까 일요일이야. 하벨만, 그러니 너무 엄살 부리지 마."

페그스는 매서운 눈길로 카심을 쏘아봤다.

"너 뭐야? 라테피의 변호사라도 돼?"

카심은 내장 수프 한 숟가락을 입에 넣고, 요리사에게서 받은 금화 롤링 하나를 식탁 위에서 굴렸다.

"라테피가 돈을 계속 준다면 기꺼이 그렇게 하지."

점심 식사 후 다니엘은 편지 뭉치를 공작들에게 나눠 줬다. 플린은 두툼한 봉투 두 개를 받는 페그스를 말없이 지켜봤다. 부모님이 일주일 새 두 번이나 편지를 썼고, 사진도 몇 장 넣은 모양이었다.

주방에서 이야기할 때와 마찬가지로, 플린의 배 속에서 딱딱하고 차가운 덩어리가 뭉쳤다. 페그스의 손에 들린 사진 속 장소들이 어찌나 다양한지 어지럼증이 일어날 정도였다. 하지만 놀랍게도 페그스는 갑자기 차분하고 뭔가 생각에 잠긴 표정이었고, 지금까지 알던 쾌활한 사람과는 전혀 달랐다.

플린은 페그스가 읽고 있는 편지를 슬쩍 들여다봤다. 편지에 쓰인 "더 열심히 해라!" 또는 "조금만 더 힘을 쏟는다면 훨씬 더 잘할 텐데."와 같은 문장이 눈에 들어왔다.

페그스는 한숨을 내쉬고, 혼잣말 하듯 나지막하게 중얼거렸다.

"나 잘 되라고 하는 소리야."

플린의 질투는 순식간에 사라졌다. 늘 명랑한 페그스도 고민거리가 있으리라고는 상상도 하지 못했다.

"왜 너한테는 아무도 편지를 쓰지 않아?"

플린이 카심에게 물었다가, 이 질문이 별로 예의 바르지 못하다는 사실을 뒤늦게 깨달았다.

카심의 얼굴이 순식간에 돌처럼 굳었다. 덜컹거리는 바퀴 소리와 주변 웃음소리, 달그락거리는 식기 소리가 지나치게 또렷하게 들렸다. 전망창 너머로 무거운 잿빛 구름이 한낮의 태양을 제치고 나섰다. 카심의 눈에 불현듯 그늘이 졌다.

"걔들은 우표를 잘 붙이지 못해."

카심은 그 말만 했다. 이게 무슨 뜻이지? 농담인가?

카심이 헛기침을 하고 자리에서 일어났다.

"좀 자야겠다."

그러곤 마담 플로레트가 따라오기라도 하는 듯이 재빨리 차량을 떠났다.

플린은 눈동자를 움직이지 않고 편지를 그저 노려보기만 하는 페그스 옆에 말없이 앉아, 자기가 그런 질문을 하지 않았더라면 좋았을 거라고 후회했다. 플린은 식당차 곳곳에서 들리는 편지 봉투 뜯는 소리와 종이 바스락거리는 소리를 들으며, 코를 훌쩍거리고 싶은 마음을 억눌렀다. 콕콕 찌르는 상처처럼 양심을 찌르는 느낌이 들었다. 엄마에게 써야 할 편지를 아직도 쓰지 않았다. 그래서 마음이 아팠다.

몸에서 전율이 일었다.

"나중에 보자."

플린이 페그스에게 말하고 자리에서 일어났다. 접시를 얼른 뷔페에 가져다 두고 식당차를 나서서 도서관 쪽으로 향했다.

도서관 차량에는 두툼하고 우아한 종이와 편지 봉투가 잔뜩 쌓여 있었고 무거운 만년필도 있었다. 구식 독서용 전등이 낮에도 환하게 불을 밝혔다.

방금 받은 편지에 벌써 답장을 쓰는지, 3학년 두 명이 책상에 앉아 있었다. 플린은 이번에는 혼자가 아니라서 다행이라고 생각했다. 완벽하게 고립된 상태에서 호랑이 때문에 또 놀라고 싶지는 않았으니까.

플린은 책상에 앉아 전등을 옆으로 밀어 놓고 변명을 몇 줄 끼적이기 시작했다. 기차 유리창 너머로 발렌시아 초입의 집들이 빠르게 스치고 지나갔다.

엄마에게 정확하게 무슨 말을 쓰고 뭘 숨겨야 할지 알 수 없었다. 잠시 망설이며, 소형 궤도차를 타고 움직이는 중이라고 쓸까 생각했다. 하지만 거짓말을 할 이유가 없어. 마법의 기숙학교 기차, 컬리가 보관한 욘테 오빠의 낡은 셔츠, 오빠의 엽서에 쓰여 있던 교가. 엄마는 어차피 이 모든 걸 믿지 않을 거야.

플린이 쥐고 있는 만년필은 거의 저절로 움직이다시피 했다. 제대로 읽지 못하게 글씨를 함부로 쓰면, 만년필은 삑삑 경고음을 내며 곧장 항의했다. 시끄러운 소리 때문에 3학년 학생들을 보기가 너무 창피해서, 플린은 가벼운 초록색 만년필로 바꿔 들었다. 하지만 이 만년필은 더욱 끔찍했다. 플린이 맞춤법을 틀리게 쓸 때마다 아주 큰 소리로 "이게 아니야! 이게 아니야!"라고 토를 달았다. 짜증을 돋우는 "이게 아니야!"를 세 번 듣고 나서, 플린은 귀가 새빨개진 채 삑삑거리는 만년필을 다시 들었다.

삑삑거리는 소리를 수없이 들으며 20분 만에 편지 쓰기를 마쳤을 때, 발렌시아는 이미 다 지나간 후였다. 월드 익스프레스는 이제 도시가 아니라 바위가 많고 드넓은 카탈루냐를 지나는 중이었다. 산맥 곳곳에 요새가 솟아 있고, 넓고 환한 계곡에는 용설란이 몸을 높게 뻗고 있었다. 하늘에서는 구름이 서로 교차하며 흐릿한 가을 햇살을 받아 노랗게 빛났다. 플린은 햇빛과 비구름의 다양한 변화를 지켜보며 한숨을 내쉬었다. 엄마에게 쓴 편지가 그다지 안심시키는 내용도 아니고, 꼭 필요한 내용도 아니라는 걸 알고 있지만 더 잘 쓸 수도 없었다. 플린은 서툴게 서명한 다음, 편지를 다시 한번 훑어봤다.

엄마, 욘테 오빠를 찾을게요. 믿어 줘요! 지금 난 욘테 오빠가

예전에 탔다가 실종된 기차를 타고 여행 중이에요.

엄마는 내가 혹시 위대한 미래를 가질 만한 잠재력이 있다고 생각하세요? 아니면 그럭저럭 괜찮은 미래? 아니면 최소한 어쨌든 미래?

언젠가 세상 구경을 이렇게 많이 하리라고는 상상도 하지 못했어요. 이 세상은 끝이 없고, 두렵기도 하지만 정말 아름다워요! 하지만 걱정은 마세요. 여긴 어느 정도 집이랑 비슷하니까요. 까마귀와 빵과 넓은 들판이 있어요.

이 말은 물론 거짓이었다. 익스프레스에서 집과 비슷한 것은 하나도 없었다. 플린은 양심의 가책을 느끼며, 아랫입술을 깨문 채 이름 옆에 하트를 하나 그렸다. 하트를 그리는 성향은 아니었지만, 이런 게 마음을 안정시키지 않는다면 무엇이 안정시킬 수 있을까?

플린이 공작용 휴게실에 들어섰을 때, 페그스는 한쪽 구석에 앉아 부모님의 두 번째 편지를 읽는 중이었다. 옆에 놓인 구식 라디오에서 이번에는 기이한 오페라 음악이 흘러나왔다.

플린은 진한 크림색 봉투에 넣은, 편지를 내밀면서 물었다.

"이걸 어디에 내면 될까?"

페그스는 내내 그러고 싶었다는 듯이 부모님의 편지를 얼른 옆으로 던져 버리고, 라디오를 끈 다음 자리에서 일어났다.

"위대한 스티븐슨 님, 감사합니다!"

공작들 몇 명과 함께 차량의 다른 쪽 끝에 앉아 있던 2학년 학생이 소리쳤다.

"시끄러운 훔펠 음악을 드디어 끄는구나!"

"험퍼딩크라고!"

페그스는 공작들과 플린이 깜짝 놀랄 만큼 크게 고함을 질렀다.

"훔펠이 아니야, 이 멍청아!"

그러고는 코 막힌 소리를 내며 고개를 쳐들었다.

"플린, 가자!"

플린은 입을 다문 채 페그스를 따라서 공작들 침대차를 지나 직원용 라운지로 갔다.

이 차량은 공작들의 휴게실과는 달리, 세 칸으로 나뉘어 있었다. 좁은 통로에 양호실과 직원용 휴게실, 교무실로 향하는 세 개의 문이 이어져 있었다.

통로 끝에 있는 교무실 문 앞에 납작하고 붉은 우편함이 걸려 있고, 구릿빛 글자로 이렇게 쓰여 있었다.

세상 곳곳에 보내는 우편.

매주 일요일 오전에 비움.

우표는 교무실에.

"아이고, 어쩐담."

플린은 한숨을 내쉬었다. 오늘이 일요일이기는 하지만 이미 오후였다. 다니엘이 오래전에 엄마에게 전보로 알렸는데도 엄마는 경찰에 신고했어. 일주일 꼬박 편지를 기다려야 한다니 끔찍하군. 하지만 달리 어쩔까? 여긴 휴대전화도, 노트북도 없으니.

"흐음."

페그스가 어깨를 으쓱하며 말했다.

"전보와 편지. 100년 전이랑 똑같아. 이 규칙은 스티븐슨이 직접 정한 거야. 당시에는 인터넷이 없었으니까."

플린은 눈썹을 치켜세우며 기분이 살짝 상해서 물었다.

"없는데 어떻게 금지했지?"

하지만 페그스는 이런 상황에 만족하는 것 같았다. 좋은 성적과 성공을 강요하는 편지는 일주일에 한 번씩만 받아도 충분한 모양이었다.

바깥에서 내리기 시작한 보슬비가 유리창에 얼룩무늬를 만들고, 모래처럼 밝은 바르셀로나의 높은 건물들이 만드는 풍경을 지웠다. 플린은 편지에 붙일 우표를 구하기 위해 교무실 문을 노크하려 손을 들었다.

반짝거리는 어두운 빛깔의 문을 아직 건들지도 않았는데, 찰싹이며 속삭이는 빗방울 같은 목소리가 복도로 흘러나왔다.

"가라비나, 통로에 그렇게 서 있지 말아요. 문서는 여기 있으니."

플린은 몸이 얼어붙었다. 문틈이 살짝 벌어져 있었다. 뒤를 돌아보니, 페그스가 '어서 여길 벗어나자!'라는 손짓을 다급하게 했다.

하지만 미처 두 걸음도 물러나기 전에 교무실 문이 요란한 소리를 내며 불쑥 열렸다. 플린과 페그스는 바래고 부서질 듯한 종이 무더기를 손에 든 마담 플로레트와 정면으로 마주쳤다.

"가라비나, 왜……. 이티겔!"

마담 플로레트가 비틀비틀 뒷걸음질쳤다. 어찌나 놀라는지, 플린은 마담이 뭔가 금지된 일을 하다가 들킨 거라고 확신했다.

"여기서 뭐 하는 거예요? 혹시 날 따라다니면서 염탐하고 있는 건가요?"

마담 플로레트가 호통을 쳤다.

"아…… 아니요. 내가 그럴 이유라도 있어요?"

플린은 우월감과 기습 공격을 당한 기분을 동시에 느꼈다.

대답할 필요도 없는 질문이었지만, 마담 플로레트는 숨을 헐떡이며 대꾸했다.

"이유? 당신은 한밤중에 이 열차에 뛰어올랐어요. 도대체 왜? 난 당신이 여기저기 염탐하고 다닐 거라는 사실을 단번에 눈치챘다고요……. 하벨만, 꿈도 꾸지 말아요!"

페그스가 낡은 문서를 보려고 몸을 앞으로 막 숙인 참인데, 마담 플로레트가 그걸 순식간에 등 뒤로 감췄다.

"이티겔, 당신이 마드리드에서 주방 창문으로 나를 빤히 보고 있었다는 걸 내가 모를 줄 알아요?"

"그런 적 없어요."

플린은 거짓말을 했다. 하지만 망설이며 너무 우물우물 말해 버려서, 자신조차도 믿지 못할 정도였다.

"말도 안 되는 소리! 빤히 봐 놓고선. 그러고는 도서관에서 여기까지 따라와서, 가라비나를 잡으려고 몇 시간이고 문 앞에 서 있던 거죠. 안 그래요?"

플린은 마담 플로레트가 정말로 화가 난 건지, 아니면 정신이 돌았는지 의심이 들기 시작했다.

"손에 든 건 뭐죠?"

마담의 질문에 편지를 거의 잊고 있던 플린이 대답했다.

"아, 우표가 필요해서요."

"독일로 보낼 편지?"

마담은 가라비나가 이제 좀 나타나기를 바란다는 듯이 통로를 흘끗 바라보고는 다시 플린에게 몸을 돌렸다.

"아, 그래. 알았어요. 우표를 찾아볼 테니 편지 이리 줘요."

마담이 플린의 손에서 편지를 빼앗고는 주소를 훑어봤다.

"엄마에게 보내는 건가요?"

플린이 고개를 끄덕이자 마담은 혀를 쯧쯧 찼다.

"다니엘이 짤막하게 몇 줄 더 쓸 거예요…… '하명'하러."

그러고는 어찌나 편지를 뚫어지게 보는 건지, 플린은 봉투를 붙일걸 그랬다고 후회했다. 다니엘이 '해명'을 봉투에 끼적이는 게 더나았을 테니까.

"마담 플로레트가 편지를 읽는다는 데 내가 100롤링 건다."

둘이 직원용 라운지를 벗어나 찬비가 내리는 바깥으로 나섰을 때 페그스가 말했다. 연결 발판은 미끄럽고 난간은 얼음처럼 차가웠다. 발밑에서 철제 발판이 삐걱삐걱 소리를 냈다.

"마담 플로레트는 사냥개 같아. 개학하고 첫 주에, 학교 급식이 예전보다 훨씬 안 좋아졌다고 부모님에게 편지를 썼어. 그 후 '감사하는 마음'에 대한 훈계를 아주 오랫동안 들어야 했지."

"편지에 욘테 오빠에 대해서는 어차피 별로 쓰지 않았어."

수다를 늘어놓는 페그스에게 플린이 말했다. 엄마에게 특별한 내용이 없는 편지를 써서 다행이라는 생각이 불현듯 들었다.

"내장 수프를 좋아하는 요리사가 만든 급식을 먹는 걸 감사하기라도 해야 하는 것처럼!"

급식에 대해 계속 수다를 떨던 페그스가 갑자기 말을 멈추었다가 혼잣말처럼 중얼거렸다.

"마담이 가라비나에게 왜 그 낡은 문서를 주려고 했을까. 그런 메모를 어디선가 분명히 본 적이 있는데 어디서 봤더라……."

플린은 아무 대답도 하지 않았다. 마드리드에서 마담 플로레트가 가라비나에게 돈을 몰래 건네던 모습이 떠올랐다. 이제 아무도 봐선 안 되는 듯한 낡은 문서까지 더해졌다. 둘이 도대체 무슨 짓을 꾸미는 걸까?

저녁 식사 때 페그스는 다시 한번 그 얘기를 꺼냈다. 플린과 페그스와 카심은 뷔페에서 가장 멀리 떨어진 식탁에 앉아 있었다. 옆 식탁에는 수줍음을 많이 타는 듯한 남자아이가 혼자서 쭈그리고 있었으므로 셋은 시끄럽게 뒤섞인 목소리와 달그락거리는 그릇들의 소음에도 불구하고, 마담 플로레트가 눈치채지 못하게 차분히 마담에 관한 이야기를 나눌 수 있었다.

"내가 곰곰이 생각해 봤는데 말이야."

페그스가 입을 떼고서 데운 내장 수프 한 숟가락을 떴다가 접시에 다시 떨어뜨렸다. 그러고는 플린과 카심을 바라봤다.

"아빠가 오래전에 말해 줬는데, 마법에 관한 오래된 문서는 거의 모두 금지되어 있대. 마담이 가라비나에게 주려던 건 보나마나 금지된 물품일 거야."

그 정도는 플린도 짐작할 수 있었다. 하지만 가라비나가 그걸로 뭘 하려고 했는지는 전혀 상상이 가지 않았다.

"또 아버지 이야기네."

내장 수프를 벌써 두 번이나 더 가져다 먹은 카심이 중얼거렸다.

페그스는 마땅찮은 표정으로 숟가락을 까닥거리다가, 카심을 무시하고 말을 이었다.

"마담 플로레트가 가라비나에게 금지된 일을 시키는 대가로 돈을 줬을 거야. 그게 도대체 뭘까!"

셋은 모두 입을 다물었다. 가라비나가 마담의 부탁으로 뭔가 금지된 일을 한다는 상상은 너무 이상하고 너무 위험해서 아무도 페그스의 말에 동의할 수 없었다.

"페그스, 아주 잘 됐다."

카심이 말했다.

"기분이 바닥을 쳤잖아. 이제 마구 퍼먹을 수 있겠네. 오늘 밤은 아주 길어질 테니까 먹어."

긴 밤. 플린은 어두운 통로와 휘파람을 부는 듯한 밤바람을 떠올리자 목구멍이 조이는 느낌이었다. 오늘 밤 욘테의 차표를 찾으러 간다는 사실을 잠시 잊고 있었다.

"안 먹어."

페그스가 고집스럽게 대꾸하며 수프 접시를 식탁을 가로질러 카심에게 밀었다.

"내가 수프 싫어하는 거, 너도 잘 알잖아."

178   "그래서? 내가 언제부터 쓰레기통이었지?"

카심은 이렇게 물었지만, 숟가락을 들고는 만족스러운 표정으로 페그스의 수프를 떠먹기 시작했다.

플린은 라테피의 수프가 맛없게 식어가는 자기 접시를 내려다봤다. 한 가지 사실은 확실했다. 오늘 밤 이후로 모든 것이 예전과 완전히 달라질 터였다. 욘테의 흔적은 손만 뻗으면 붙잡을 수 있을 만큼 가까이 있었다.

몇 시간 후 공작 휴게실 차량에 페도르가 나타났다. 크림소다 거품과 바스락거리는 신문지 소리에 에워싸인 채 구식 소파에 웅크리고 앉아 있던 플린은 그를 금방 알아보지 못했다. 페그스가 켜둔 라디오에서 어떤 여자의 노랫소리가 또 흘러나왔다.

"네가 나를 떠난다면, 난 바로 부다페스트로 갈 거야. 거기서는 누구나 나를 좋아해! 거기서는 남자들이 모두 나를 불러⋯⋯."

"플린!"

플린은 깜짝 놀라서 몸을 움찔했다. 플린이 손에 들고 있던 종이를 감추기도 전에 페도르가 어깨너머로 보고는 큰 소리로 읽었다.

"아늑한, 괘종시계, 마법, 오페레타."

"안녕."

플린은 페도르에게 인사를 건네고 종이를 바지 주머니에 얼른 쑤셔 넣었다.

"그게 무슨 뜻이야? 아늑한, 괘종시계⋯⋯. 응?"

페도르가 인사에는 대답하지 않고 질문을 던졌다.

플린이 그를 쳐다봤다. 먼지와 양탄자 보푸라기가 가을 숲속에 비치는 금빛 광점처럼 휴게실을 날아다녔다. 이런 곳에 나타난, 검댕이 묻은 페도르는 무시무시한 이야기에 등장하는 어떤 형체 같았다. 플린은 불안한 마음을 느끼며 페도르가 옳았음을 깨달았다. 그는 이곳과, 그리고 공작들과 어울리지 않았다.

"넌 어차피 몰라."

플린은 이렇게 말하고 바로 입을 앙다물었다. 생각과는 다른 말이 나와 버린 것이다.

페도르 얼굴에 그늘이 스쳐 갔다.

"차표들은 자습실 차량 중 하나에 있어. 서둘러야 해."

플린은 페그스와 카심이 어디 있는지 둘러봤다. 복잡한 차량에서 둘을 손짓해서 부르며 곁눈질을 해 보니, 페도르 얼굴이 더 어두워져 있었다.

"안녕, 석탄 소년."

페그스가 페도르에게 고개를 끄덕여 인사했다. 카심은 아무 말도 하지 않고, 검댕이 묻은 페도르 얼굴만 뚫어지게 바라봤다.

"안녕."

페도르가 짤막하게 대답했다. 플린은 그가 공격적인 건지, 아니면 뭔가에 실망한 건지 알 수 없었다.

"가자."

플린이 말했다.

네 명이 함께 걸어가면서, 플린은 페도르의 시선을 못 본 척했다. 취침 시간까지는 9분이 남아 있었다.

자습실에 들어섰을 때, 그들은 혼자가 아니었다.

페도르의 분노

자습실 차량 두 대는 어둠이 밀려오자마자 급하게 비워진 장소처럼 보였다. 자습실은 공작들이 오후에 공부하는 곳이었다. 사방에 필기도구와 생강 스나프 캔이 놓여 있었는데, 덜컹거리는 기차 때문에 금방이라도 쓰러질 것처럼 흔들렸다.

마치 유령이 움직이기라도 하듯, 바퀴 달린 빈 의자가 나지막한 소리를 내며 책상들 사이 중앙통로로 굴러오더니 기차의 움직임에 따라 몇 초쯤 흔들거렸다. 플린은 숨을 멈췄다.

"차표들은 다음 자습실에 있어."

카심이 이렇게 말하며 앞장섰다.

책상과 의자 사이에는 무시무시한 정적이 내려앉아 있었다. 정적이 너무 무거워서 플린은 숨 쉬기가 힘들 정도였다. 몇 걸음 뒤에서 카심을 따라가는데, 페도르가 갑자기 플린의 팔을 잡았다. 책상을 서로 갈라놓는 칸막이들 가운데 하나의 뒤쪽에서 어떤 그림자가 비쳤다.

플린은 숨이 멎는 것 같았다. 칸막이 뒤쪽의 윤곽이 점점 커지더니 가라비나가 통로로 나왔다. 가라비나는 기묘한 형태의 손전등과 빛바랜 종이 몇 장을 들고 있었다. 플린은 처음에 가라비나가 '올해 가장 성실한 학생'으로 뽑히려는 목표라도 세운 줄 알았다. 그러다 가라비나가 들고 있는 종이가 마담 플로레트의 것과 비슷해 보인다는 사실을 알아챘다.

플린은 페그스를 흘낏 바라봤다. 페그스는 눈을 크게 뜨고 그 종이를 노려보는 중이었다.

"너희들, 여기서 뭐 해?"

가라비나가 마담 플로레트만큼이나 소스라치게 놀라 물었다. 남몰래 뭔가 하다가 걸린 듯한 목소리였다. 그러다가 페도르를 보고 말했다.

"석탄 소년, 차량을 잘못 찾았구나."

"나한테 뭐라고 떠들 필요 없어, 항크. 이제 그만 꺼져."

페도르가 가라비나에게 투덜거리고는 플린에게 어서 가자고 재촉했다. 플린은 어리둥절했다. 항크가 뭐지?

"날 모욕할 생각이야? 검댕이 얼굴, 그건 나한테는 안 통해."

가라비나가 그 자리에 서서 꼼짝도 하지 않고 얼굴에 경련을 일으키며 말했다.

"너희는 뭐야?"

그러고는 플린과 페그스와 카심을 차례로 바라보며 덧붙였다.

"나이팅게일과 앵무새, 청둥오리라고 불러 줘야겠네."

카심은 파란색 머리카락 뿌리에 닿을 정도로 눈썹을 치켜세우더니, 과장되게 유치한 손짓으로 가라비나를 가리키며 말했다.

"그럼 넌 도요새라고 불러 줘야겠네."

가라비나가 숨을 헉헉 내쉬었다. 플린은 가라비나의 조용한 분노를 2초쯤 즐겼다. 조화롭고 나지막한 종소리가 기차 전체를 울렸다. 22시였다.

"아, 빌어먹을."

저녁 조명이 나지막하게 깜박거리다가 흐릿한 비상조명으로 바뀌자 플린이 중얼거렸다. 차량은 순식간에 그림자와 냉기와 '기차 안에서 실종'이라는 상상이 가득한 공간으로 변했다.

"너희들, 설마 지금 어딘가로 가려는 건 아닐 테지. 완벽하게 바보 같은 짓이야. 그게 금지되어 있다는 건 너희도 잘 알잖아."

가라비나가 그 자리에서 꿈쩍도 하지 않은 채 말했다.

플린은 가라비나가 마담 플로레트에게 받은 돈과 문서를 떠올리며 생각했다.

'자기가 지금 그런 말을 할 처지인가!'

차량 먼 곳에서 나른한 목소리가 들려왔다.

"하지만 자발적으로 석탄 창고에서 일하는 애는 그다지 똑똑하지 않을 거야. 그런 애와 함께 다니는 애들도 마찬가지고."

플린은 눈을 꾹 감았다가 떴다. 가라비나와 식당차 식탁에서 함께 앉았던 남자아이가 어둠에 거의 뒤덮인 채 칸막이 두 개 사이에 앉아 있었다. 보이는 거라고는 이쪽을 바라보는 달덩이처럼 환한 얼굴뿐이었다.

"스투레 아노이. 멍청한 애가 또 한 명 나타났네."

카심이 소곤거렸다.

페도르가 벼락 치듯 목소리를 높였다.

"아, 그래? 나는 밤에 무언가 떳떳하지 않은 일을 탐구하는 애는 그림자 집의 소속이라고 생각하는데, 그건 '똑똑한' 건가 보네. 안 그래?"

순식간에 주위가 쥐 죽은 듯이 조용해졌다. 선로를 달리는 익스프레스의 덜컹거림만이 어둠 속에서 들리는 유일한 소리였다. 페그스가 숨을 들이마시다 말고 숨 쉬는 방법을 잊은 사람처럼 새된 소리를 냈다.

스투레 아노이가 천천히, '아주' 천천히 의자를 밀면서 통로 가운데로 왔다.

"명예 회복!"

그가 쉿소리를 내며, 연한 갈색 눈동자로 석탄 같은 페도르의 눈을 뚫어지게 노려봤다.

명예 회복……. 복수한다고? 플린은 그게 무슨 뜻인지 알 수 없어 스투레와 페도르를 번갈아 바라봤다.

"좋지. 일주일 후, 같은 시간. 시간 잘 지켜."

페도르가 이를 악물고 대답했다. 페도르의 그 말이 위협처럼 허공에 걸렸다.

"걱정 마라. 난 너 같은 애들에게 자기 주제를 가르쳐 주는 일에 늘 앞장서니까."

스투레가 야유를 던지고 다시 칸막이들 사이로 사라졌다.

"가자."

플린이 나지막하게 말하고, 가라비나를 지나쳐 차량 문을 열었다. 맞은편에서 불어오는 바람이 얼음처럼 차가웠다.

플린과 페그스, 카심과 페도르는 어둠의 보호를 받으며 두 번째 자습실 차량으로 건너갔다. 흐릿한 외등 불빛 아래 느긋하게 포옹하려는 열일곱 살짜리 둘을 빼고는 아무도 보이지 않았다.

"페도르, 방금 전에 무슨 말이야? 그림자 어쩌고, 그게 뭐지?"

플린이 그 둘을 지나면서 물었다.

페도르는 대답하지 않았다.

페그스가 고쳐 말했다.

"그림자 집. 공식적인 이름은 '하우스 델렉투스'야. 다른 학교지. 페도르가 그걸 욕설로 사용하다니, 이제 그만 살고 싶은 모양이다. 그곳은 세상에서 가장 끔찍한 장소라고 해. 그곳 학생들은 돈과 권력만 아는 냉담한 꼭두각시가 된다는 소문이 있어."

멀리 어딘가에서 까마귀 떼가 울었다. 플린은 소름이 돋아서 팔을 문질렀다.

"명예 회복은 또 무슨 뜻이지?"

페그스와 카심이 자습실에 들어가는 동안, 플린이 페도르에게 몸을 돌리고 물었다.

"너희들 혹시 결투하려는 건 아니지?"

그 기묘한 상상이 밤안개에 에워싸인 이곳에서는 소름이 끼칠 만큼 현실적으로 느껴졌다.

"맞아."

페도르가 거친 목소리로 대답했다. 그가 플린 곁을 지나가며 으르렁거리듯 덧붙였다.

"그 스투레라는 놈에게 본때를 보여 줄 거야. 이미 오래전에 했어야 할 일이지. 그렇게 되면 드디어 공작들이 나를 진지하게 대할 거야."

바람이 그 말을 싣고 갔다. 플린은 날아가는 말을 노려보며, 뭐라고 대답해야 할지 몰랐다. 그러다가 승강단에서 포옹하고 있는 한 쌍 옆에 멈춰선 채 말했다.

"내가 들어 본 말 중에 가장 바보 같은 소리야……. 너희 둘은 정말 제정신이 아니다!"

옆에 있던 공작 둘이 화가 나서 고개를 들었다.

"너도 일단 어른이 되어 봐."

여자아이가 이렇게 말하고는 남자 친구와 함께 승강단을 떠나 기차 끝 쪽으로 향했다.

플린은 그 둘에겐 신경도 쓰지 않았다. 두 번째 자습실 차량 문을 열고 잡아 주면서도 페도르는 플린의 얼굴을 바라보지 않았다. 플린은 화가 나서 심장이 벌렁거리는 걸 느끼며 차량에 들어섰다.

"스투레는 페도르보다 훨씬 더 심각하게 미쳤어."

두 사람의 대화를 대충 알아들은 카심이 말했다.

"근력에 관해서라면, 페도르가 한참이나 우월해."

허리띠에서 손전등을 막 꺼내 사방을 비추던 페도르가 대번에 불빛을 내렸다.

"내가 힘은 센데, 멍청하다는 뜻이야?"

거친 목소리와 찡그린 이마, 그는 폭발 직전처럼 보였다.

"늘 어렵게 일한다고 해서, 그게 내가 멍청하다는 뜻은 아니지!"

화난 페도르의 목소리는 가까이 다가오는 천둥처럼 위협적으로 쩌렁쩌렁 울렸다.

플린은 불쑥 그가 자기와 같은 안개 공작이 아니라 공작이면 좋겠다고 생각했다. 페도르가 공작이라면 공작들에게 이 정도로 화를 내지는 않을 터였다. 페그스와 카심에 더해 페도르에게도 도움을 요청한 건 실수였다. 반려 조류 두 마리와 까마귀를 같은 새장에 넣은 거나 다름없었다.

"이제 더는 못 참아."

플린은 무거운 부츠로 책상 하나를 걷어찼다. 페도르를 포함하여 모두 소스라치게 놀랐다.

"나는 욘테 오빠 때문에 여기 온 거야. 차표를 찾으려고. 나 혼자 찾는 게 낫겠어."

플린은 손전등 쪽으로 손을 뻗었다.

페도르가 플린을 쏘아봤다. '제발 여기 그대로 있어 줘.' 그런 생각이 플린의 머리를 스치고 지나갔다. '여기서 같이 차표를 찾는 걸 도와줘!'

몇 초가 흘러갔다. '여기 그대로 있을 거야. 있겠지. 확실해.' 플린이 생각했다.

하지만 페도르는 손전등을 바닥에 세차게 내던졌다. 조명이 춤을 추며 아이들의 얼굴을 비췄다. 무서워하는 페그스와 놀란 카심, 분노로 일그러진 페도르의 얼굴과 슬픈 플린의 얼굴을. 손전등이 시끄러운 소리를 내며 발 앞에서 굴렀다.

페도르는 아무 말도 하지 않고 침대차 쪽으로 쿵쿵거리며 걸어갔다. 울리는 발소리, 그리고 쾅 닫히는 차량 문소리가 들려왔다.

플린은 놀라서 몸을 움찔했다. 그 소리는 플린의 마음처럼 텅 비어 덜거덕거리는 소리 같았다. 뭔가 제대로 존재해 보기도 전에 깨진 느낌이었다.

뒤이은 정적은 너무 소름 끼쳤다. 카심이 비 맞은 강아지처럼 몸을 흔들며 말했다.

"빌어먹을, 이제 어떻게 하지?"

"이제."

플린이 심호흡을 하고 말을 이었다.

"이제 내가 계속 찾을 거야."

플린은 실망했고, 불안했고, 분노했다. 하지만 어쩌랴? 이건 나하고만 관계있는 일이 아니야. 어쩌면 지금 위험에 처해 있을지도 모르는 욘테 오빠와도 관련이 있어. 어려운 상황이 아니라면 욘테 오빠는 이미 오래전에 나에게 연락했을 거야. 그러니 정신을 차릴 수밖에 없어.

"아니."

페그스가 고개를 저었다.

"'우리'가 계속 찾을 거야."

페그스는 허리를 굽혀서 손전등을 집어 들고, 페도르가 그랬던 것처럼 조명을 비췄다. 이번에는 천장 방향이었다. 플린이 미처 알아채지 못했지만, 그곳에는 수많은 차표가 붙어 있었다.

천장 전체가 비늘이 많은 어떤 동물의 등처럼 보였다. 비늘로 가득한 청록색의 동물. 오래된 금색 차표들은 이미 천장에서 떨어진 상태였고, 새로운 차표들이 가로세로로 천장 전체를 가로지르며 붙어 있었다. 가볍게 바스락거리는 소리가 공간을 메웠다.

"수천 장이야! 욘테의 차표는 오래전에 덧씌워졌을 거야!"

놀란 플린이 속삭이듯 내뱉자, 페그스가 고개를 저었다.

"눈에 보이는 건 1933년까지야."

페그스는 책상 가운데 하나로 올라갔다. 페그스의 목걸이가 나지막하게 짤랑거리고, 몸을 젖히자 치마가 바스락거렸다.

"저거 보여? 저기 저것처럼, 차표 주인이 사망하면 차표가 금색으로 변해. 헬무트 뉴턴(독일 사진작가)과 아이작 아지모프(러시아 출신 미국작가, 화학자)는 75년도 더 전에 여기 있었어. 욘테의 차표는 분명히 저쪽 청록색 중에 하나일 거야."

책상 위가 무척 편한 듯, 페그스는 다리를 번갈아 흔들었다.

플린은 불안감이 밀려왔다.

"그게 아니라면 어떡해? 욘테의 차표를 찾아냈는데…… 금빛이라면?"

플린이 속삭이듯 나지막하게 물었다.

아무도 대답하지 않았다. 그 침묵은 소름끼치게 무서웠다.

카심은 책상의 책 몇 권을 옆으로 밀치고 페그스 옆에 누워 뒤통수에 팔베개를 했다. 잠시 망설이던 플린도 곧 따라했다.

덧씌워지지 않은 차표를 불빛이 한 장 한 장 비췄다. 이 기차에 있던 수많은 이름과 수많은 삶을…….

"로잘린드 프랭클린, 프리드리히 슈토바서, 레그 와일더, 피비 무스타키……."

플린이 차표에 적힌 이름을 중얼중얼 소리 내어 읽었다.

시간이 좀 지난 뒤에 불빛은 2년 전 날짜인 차표를 비추었다. 플린은 도저히 믿지 못하겠어서 자세히 보려고 몸을 일으켰다. 차표한가운데에 '페도르 쿨리코프'라는 이름이 쓰여 있었기 때문이다.

플린은 그동안 내내 그들 사이에 있었던 비밀을 들이마시듯 들숨을 쉬었다.

'페도르가 차표를 받았었다고?!'

페도르가 '월드 익스프레스 학생'이었다면 공작들과의 온갖 다툼을 피할 수 있었을 텐데.

페도르는 선택할 권리가 있었는데…… 잘못 판단한 거야.

'어쩌면 잘못 판단했다는 걸 아니까, 그래서 그렇게 거부의 몸짓을 하는지도 모르지.'

플린의 배가 고통스럽게 뭉치듯 아팠다.

셋은 한 시간 동안 책상에 누워, 차표들이 바스락거리는 천장을 올려다봤다. 밤에 나무 우듬지 아래 누워 있는 기분이었다. 청록색 바탕에 쓰인 환한 글자는 과거를 귓가에 속삭여 주는 별들 같았다. 세 사람은 수많은 차표 한 장 한 장에 불빛을 비춰 봤다. 지금 있는 대부분의 교사들 차표와 정말 오래된 차표도 몇 장 발견했다. 없는 차표는 한 장뿐이었다. 욘테의 차표였다.

월드 익스프레스가 어두운 알프스와 기차 양편으로 하늘 높이 솟은 성과 마을의 불빛을 지나는 동안, 자습실에 있는 플린은 그 어느 때보다도 망연자실했다.

욘테 오빠는 '틀림없이' 여기에 있었어. 그런데 그 흔적이 모두 삭제된 거야.

플린이 자정 직전에 객실로 돌아가 보니, 다행스럽게도 마담 플로레트는 아직 보이지 않았다. 플린은 이불로 기어 들어가 눈을 꾹 감았다. 피곤함과 그리움에 몸이 타들어 가는 것 같았다.

2시간 후에 객실 문이 드르륵 열리는 바람에 플린은 화들짝 놀라서 잠이 깼다. 피로에 싸인 채 눈을 깜박였다. 가냘픈 마담 플로레트의 그림자가 객실로 들어왔다. 이불이 버석대는 소리가 들린 후에 다시 고요해졌다.

플린은 깊은 한숨을 내쉬었다. 욘테의 차표와 실종 때문에 불안한 밤을 보냈다. 생각이 박쥐로 변하고, 그 박쥐가 자기 머리카락에 걸린 꿈을 몇 번이나 꾸었다.

그러나 욘테 생각으로 골머리를 앓을 시간은 얼마 없었다. 다음 날 아침, 놀라운 일이 기다리고 있었기 때문이다.

"플린, 이제 이곳 생활에 익숙해졌니?"

플린이 욕실을 막 나서는데, 어떤 목소리가 통로를 울렸다. 플린은 멍하니 정신을 놓은 채 방금 빗은 머리카락을 눈가에서 쓸어 올렸다. 다니엘이 기차 끝에서 플린을 향해 걸어오고 있었다.

'다니엘이 저기서 뭘 했는지는 안 봐도 뻔하군.'

플린은 이렇게 생각하며, 그의 주머니에서 윤곽을 또렷하게 드러내는 담뱃갑을 바라봤다.

"잘됐다!"

그가 플린의 대답을 기다리지도 않은 채 말을 이었다.

"너를 병아리반에 넣었다. 여기서는 1학년을 그렇게 부른단다. 새 학년은 1월에 이미 시작했지만, 그 아이들도 불안하기는 지금 너와 똑같아."

그가 박수라도 요구하듯이 플린을 빤히 바라봤다.

플린은 다니엘이 지금 무슨 말을 하는지 알아듣는 데 시간이 좀 걸렸다.

"수업에 '참석'해도 된다고요?"

플린은 욘테 오빠를 찾으려 했을 뿐 수업에, 특히 수학 수업에 참석하고 싶은 마음은 없었다.

"난 공작이 아니라 안개 공작이에요. 차표가 없다고요."

플린이 다니엘에게 그 사실을 상기시켰다.

"천부적인 재능이 있다거나, 뭐 그런 거 전혀 없어요."

다니엘이 이맛살을 찌푸렸다.

"금요일에 나는 '위대한 미래'라고 했지, '천부적인 재능'이라고 하지 않았어. 월드 익스프레스에서 수업을 듣기 위해서 천부적인 재능이 있어야 할 필요는 없단다. '잠재력'을 가지고 있으면 돼. 그건 서로 다르지."

그는 오래 차서 낡은 손목시계를 들여다보고 말을 이었다.

"네 수업은 12분 후에 시작한다. 그 전에 아침 식사도 하려면 서둘러야겠구나."

"나는 잠재력이 없어요. 그리고 차표도 없고요."

플린이 고집스럽게 대꾸했다.

다니엘은 플린의 항의를 들을 마음이 없는 듯했다. 한 손을 플린의 어깨에 올린 채 공작용 침대차 통로를 따라 함께 걸었다.

"이 기차는 세계사에서 위대한 몇몇 인물을 배출했지. 예술가,

학자, 철학자, 탐험가, 그리고 정치가까지도. 모든 분야에 걸쳐서 말이다."

그는 말을 멈추고 플린을 빤히 바라봤다.

"네가 그들 중 한 명이 될지 어쩐지 알고 싶지 않니?"

"나는 차표가 없어요."

플린은 당황해서 같은 말을 반복했다.

"그래, 플린. 불안해해도 된다. 그게 당연해."

다니엘이 말을 이었다.

"하지만 '나이팅게일'이라는 네 이름에 이미 위대한 업적이 예정되어 있어. 이곳에 너랑 이름이 같은 사람이 벌써 있었지."

플린은 고개를 번쩍 들고 소리쳤다.

"나랑 같은 사람이라고요? 정말이에요?"

그래, 역시 그랬구나! 욘테 오빠는 흔적을 남긴 거야. 다니엘에게 그냥 물어보면 되는 거였는데.

그가 플린을 빤히 바라보다가 말했다.

"내가 두 사람을 서로 소개해 주는 게 제일 좋겠다. 아주 훌륭한 인물이야. 믿어도 좋아."

플린은 흥분해서 심장이 목까지 올라오는 것 같았다. '믿을 필요도 없어. 그냥 알고 있다고!'

두 사람은 공작용 침대차의 마지막 차량에 도착했다. 통로 한복판에서 멈춘 다니엘이 벽에 수없이 많이 붙은 아주 작은 흑백사진들을 재빨리 훑어봤다. 금테와 은테를 두른 그 사진들 아래쪽 가장자리에는 작은 이름표가 붙어 있었다. 유리창 사이뿐만 아니라 바닥 양탄자 가장자리에도, 머리 위 천장에도, 빈 자리에는 어디든 사진이 있었다.

"졸업생 대부분의 사진이 여기 걸려 있지."

다니엘이 말했다.

플린은 당황해서 주위를 둘러봤다. 난 졸업생들에게는 아무런 관심도 없는데? 욘테 오빠는 겨우 열다섯 살이었어. 하지만 통로에는 두 사람 말고는 아무도 없었다.

"그 남학생, 어디 있어요?"

플린이 흥분해서 숨도 제대로 쉬지 못한 채 질문을 내뱉었다.

플린이 문장을 미처 끝맺기도 전에 사진들이 달가닥달가닥 소리를 내기 시작했다. 수많은 창틀의 글자들처럼, 사진틀에 쓰인 어두운 색 글자들이 새로운 단어를 만들기 시작했다. '마리 퀴리'는 '탐구심'이, '플로렌스 나이팅게일'은 '계몽'이, 에멀라인 팽크허스트(영국 사회운동가)는 '자치'가 됐다.

"'그 남학생'이라고?"

다니엘이 달각거리는 사진틀에는 신경도 쓰지 않고 되물었다.

"들어 보렴. 네가 남학생 침대차에 걸려 있는 잭 런던 사진에게, 살면서 뭔가 모험을 해야 하냐고 묻는다면 글자가 아마도 '탐험 욕구'로 바뀔 거야."

플린은 다니엘이 왜 야단치는 듯한 말투인지 이해할 수 없어서 막연하게 대답했다.

"멋지네요."

194   "그런데 욕조에서 자주 방귀를 뀌냐고 물어봐도 똑같은 대답을

하겠지."

다니엘은 한숨을 내쉬며 머리카락을 쓸었다.

"나는 졸업한 여학생들이 더 마음에 든단다."

그가 '계몽'이라는 단어가 있는 사진을 가리켰다.

"이쪽이 내가 말한 또 한 명의 나이팅게일이란다."

플린은 어리둥절한 채, 넬리 블라이(미국 저널리스트이자 작가)와 파세노프 버니(작가이자 저널리스트) 사이에 걸린 여자의 초상화를 바라봤다. 초상화 은테두리 아랫부분의 글자가 다시 '플로렌스 나이팅게일'로 막 변하는 중이었다.

"나이팅게일은 간호사였고, 여성은 개혁을 전혀 꿈꾸지 못하던 시절에 의료제도를 개혁했지."

다니엘이 설명을 이어갔다.

"그 전에 월드 익스프레스 학생이었어. 학교가 설립된 직후에 말이야. 정말 멋진 여성이란다!"

정신이 든 플린의 눈길이 초상화를 지나 창밖으로 향했다. 추수가 끝난 들판의 납작한 황량함이 자기 마음속과 똑같다고 생각했다. 욘테 오빠를 만나기를, 오빠 목소리를 듣기를 너무나 원했었다. 그런데 이제 '계몽' 말고는 달리 도와줄 게 없는 어떤 졸업생의 사진과 마주하고 서 있었다.

'다니엘이 혹시 내가 오빠를 찾는다는 걸 눈치챈 게 아닐까? 이 사진은 익스프레스에 다른 나이팅게일은 없다는 신호인가? 내가 욘테 오빠를 찾아서 엄마의 얼굴에 미소를 되찾게 하려는 희망을 버리길 바라는 걸까?'

"혹시 너도 언젠가 뭔가를 개혁할지도 모르지."

다니엘이 어깨를 으쓱하고는, 대답도 기다리지 않고 플린을 통로로 밀며 말을 이었다.

"그게 꼭 의료제도일 필요는 없단다."

그의 목소리에 비웃음이라고는 전혀 없었으므로, 플린은 ―차표도 없고 계획도 없었지만― 한순간 그럴 수 있을 거라고, 자기도 세상의 뭔가를 변화시킬 수 있을 거라고 확신했다.

"그래, 아주 잘 생각했다."

다니엘이 플린의 표정에서 마음을 읽었다는 듯이 말했다. 그러고는 보호막을 씌운 커다란 카드를 플린의 손에 쥐여 주고 아침 식사를 다시 상기시키고는, 플린 홀로 졸업생들 사진 틈에 남겨 두고 자리를 떴다. 플린은 당황하고 불안한 마음으로 그의 뒷모습을 바라봤다. 몇 분 후에 어디서 수업이 시작되는지 전혀 몰랐다. 다행스럽게도 카드에 시간표가 있었다.

1학년 시간표

수업 시간 8:00 ~ 12:30

월요일 : 영웅

화요일 : 예의범절

수요일 : 무술

목요일 : 전략과 낙관

금요일 : 의사소통

어떤 과목이 더 두렵게 느껴지는지 판단할 수 없었다. '무술'인가, '전략과 낙관'인가? '영웅'에서는 보나마나 아주 크게 실패할 게 뻔했다.

책과 가죽 가방을 겨드랑이에 낀, 나이가 좀 더 많은 공작 몇 명이 급하게 플린을 스쳐 지나갔다.

"애송이, 통로에 서 있지 마!"

행동이 굼뜬 어떤 금발 남자아이가 비웃는 바람에 플린은 정신을 차렸다. 어쨌든 이제 수업이 어디서 진행되는지 알게 됐다. 트로피가 가득하고 벽에 증명서들이 잔뜩 붙어 있으며, 출입문에 금빛 글자로 '영웅'이라고 쓰인 차량이 분명했다.

플린은 달캉거리는 바퀴 소리와 자기처럼 지각한 몇몇 공작들에게 떠밀려 함께 움직이기 시작했다.

연기가 나는 곳

이날은 아침 식사를 할 시간도, 식욕도 없었다. 플린은 꼬르륵거리는 배를 안고 축축한 가을 냉기를 맞으며 교실 차량들 사이를 빠르게 지나, 드디어 '영웅'이라고 쓰인 차량의 바깥 승강단에 섰다.

차량에 들어서는데 심장이 빠르게 뛰기 시작했다. 나지막한 목소리와 웃음소리, 바스락거리는 종이 소리가 플린을 향해 밀려왔다. 교실 전체에 학생이 일곱 명밖에 없었다. 다행스럽게 페그스도 있었다. 두 번째 줄 책상에 앉아서, 스케치북에 무언가 열심히 끼적이는 중이었다.

다른 공작들은 지난 월요일에 그린 그림을 다시 살펴보는 것 같았다. 모두 기대에 가득 차고 생기발랄한 모습이었다. 교실 전체가 마법처럼 매력적이었고 플린이 예전에 다니던 학교와는 완전히 달랐다. 깜박이는 형광등과 책상 밑에 붙은 껌 대신 이곳에는 독서용 전등과 반짝이는 벽 장식, 트로피가 늘어선 책장, 오래된 메달, 예전 공작들의 위대한 업적을 알려 주는 기묘한 물건들이 가득했다. 손바닥만 한두 개의 구리 실패 사이를 번갯불이 번쩍거리며 오갔고, 테를 두른 노벨상 증서와 환하게 반짝이는 랜턴 모양의 전등도 있었다.

책장을 따라가던 플린의 눈길이 빛바랜 창밖 풍경을 향했다. 익스프레스는 흐릿한 보슬비에 에워싸인 채 그림처럼 아름다운 마을을 지나는 중이었다. 멀리 있는 지중해는 거의 눈에 들어오지 않았다. 오늘 아침은 바깥보다 기차 안이 분명히 더 안락할 터였다.

플린은 양쪽에 구식 책상이 줄지어 있는 중앙통로를 따라 천천히 걸었다. 그곳은 아주 깨끗해서 양탄자 바닥에서도 식사를 할 수 있을 것 같았고, 허공엔 신선하고 떫은 양치식물과 유황 냄새가 떠다녔다.

두 번째 줄, 페그스 옆자리가 비어 있어서 다행이었다.

"너, 여기서 뭐해?"

플린이 망설이다 자리에 앉자 페그스가 화들짝 놀라며 물었다.

플린은 한숨을 내쉬고 책상 아래 서랍을 들여다봤다. 커다란 갈색 수첩과 〈세계 유랑객을 위한 지도〉와 구식 휴대용 계산기, 동그란 인류 역사 연표, 컴퍼스 하나, 필기도구 세 개가 있었다. 연필과 볼펜, 그리고 무거운 만년필이었다. 플린은 다른 사람들이 있는 곳에서 다시는 이 만년필을 쓰지 않을 작정이었다.

"너, 여기서 뭐해?"

통로 건너편에서 똑같은 질문이 들려왔다. 카심이 책장에서 꺼낸 듯한 작은 금메달을 살펴보며 앉아 있었다.

플린은 아무 대답도 하지 않고 수첩을 꺼냈다. 첫 페이지에 악필로 다음과 같이 쓰여 있었다.

플린 나이팅게일 소유,
월드 익스프레스 12대 교장
다니엘 휠러가 승인함.

그리고 그 아래에 쓰인 말은 이랬다.

무언가를 이루렴.

플린은 기쁨과 슬픔을 동시에 느꼈다. 평생 처음으로 누군가 뭘 이루라며 자신을 믿어 줬다. 하지만 어떻게 이루어야 하나? 기차에 머물 시간은 길지 않았다. 그동안 오빠를 찾을 것 같지도 않았다.

"플린, 너 여기서 뭐해?"

카심이 조심스럽게 다시 물었다.

"시간 죽이고 있어."

플린이 그제서야 대답하고 서늘한 가죽 표지를 구슬픈 마음으로 쓰다듬었다.

"내가 여길 염탐하러 다닌다는 마담 플로레트의 말이 맞는지 다니엘이 감시하려나 봐."

"흠, 마담의 의심이 아주 틀린 건 아니지. 안 그래?"

카심이 히죽 웃으며 말했다. 그는 어젯밤 일을 떠올리면서 눈을 빛냈다.

플린이 투덜거리며 수첩을 치웠다.

"난 그저 오빠를 찾으려는 것뿐이야. 그게 금지 사항이라면 여기 규칙을 얼른 점검하고 고쳐야 해."

"도대체 왜?"

카심이 놀리듯 물었다.

"월드 익스프레스에서 뭐가 금지되어 있는데? 록밴드 팬 셔츠 착용, 파란색으로 머리카락 염색하기, 유리창 바깥으로 오줌 누기, 통로에서 달리기, 취침 시간에 소란 피우기, 수업 시간에 떠들기, 현대식 기계 소유……."

그가 금지 사항을 미처 다 세기 전에 수업 시작을 알리는 종소리가 길게 울렸다. 카심은 한숨을 내쉬며 자기 책상 옆 유리창에 기대, 닳아서 해진 교복 소매에 금메달을 슬쩍 집어넣었다.

플린은 공작들이 입고 있는 청록색 셔츠를 바라보며, 빨강과 오렌지색 체크무늬 셔츠를 입은 자기는 정말이지 이곳과 어울리지 않는다고 생각했다. '영웅' 수업 담당 교사가 자기를 못 본 척 해 주길 바랐다.

플린 뒤쪽에서 공작 한 명이 잘 훈련받은 푸들처럼 회전의자에서 몸을 일으켰다. 플린이 슬쩍 곁눈질로 보니 가라비나였다.

"쟤가 여기서 뭐해? 다니엘 말로는, 여긴 1학년 병아리반이라고 하던데."

플린이 소곤소곤 물었다.

"가라비나도 병아리야. 그런데 훨씬 더 선배인 척해."

페그스도 소곤소곤 대답했다.

"가라비나도 이제 겨우 열세 살이라고?"

플린은 기운이 축 늘어졌다. 내가 백 살쯤 되더라도 저렇게 자신감 넘치고 뭔가 '잘 아는' 느낌을 주게 될 것 같지는 않은데.

8시 정각에 교사가 '영웅' 교실로 들어왔다. 교사는…… 마담 플로레트였다. 플린은 놀라서 심장이 바지까지 떨어졌다. 카심이 왜 그렇게 짜증스러운 표정이었는지 이제야 알 것 같았다.

마담 플로레트는 인사 한마디 없이 차량 내부를 돌아다니면서 넓은 블라인드 여덟 개를 모두 내리기 시작했다. 교실은 순식간에 어두워졌고, 가느다란 햇살 몇 줄기만 틈새로 들어와 줄무늬를 드리웠다. 플린은 책상에 놓인 독서용 전등이 장식품이 아니라는 걸 깨달았다.

마담이 블라인드를 아직 다 내리지도 않았는데, 가라비나가 손을 번쩍 들었다.

"선생님, 질문 있어요."

가라비나는 정말 모르겠다는 듯이 순진한 표정으로 물었다.

"이제는 수업 중에 교복을 입지 않아도 되나요? 아니면 교복 규칙은 플린 나이팅게일에게만 적용되지 않나요?"

플린이 속으로 끙끙 신음했다. 다니엘은 왜 이 바보 같은 수첩을 서랍에 넣어 둔 걸까? 여학생들이 모두 입은 것과 똑같은, 금색 점이 찍힌 청록색 셔츠를 넣어 둘 것이지. 희미한 조명 아래에서 보니 아이들 교복은 모두 컬리가 세탁기에 마구잡이로 집어넣은 초록과 파랑 옷에 불과해 보였다.

"가라비나, 늘 그렇듯이 아주 잘 관찰했군요."

마담 플로레트가 칭찬했다. 그러고는 플린을 무시한 채 매서운 눈빛으로 교실을 둘러보며 말을 이었다.

"플린나는 2주 동안만 여기 있을 거라서 교복을 낭비할 이유가 없어요. 열린 창문으로 날아 들어온 '고충' 같으니까요. 이건 내가 아니라 다니엘이 그렇게 말한 거예요."

플린은 마담 플로레트가 고충이 아니라 '곤충'을 말하려는 것이고, 다니엘이 자기를 그렇게 부를 리가 없다고 확신했다. 하지만 귀가 새빨개진 채 그저 입을 다물고는 가라비나의 얄미운 말을 무시하려고 애썼다.

"나이팅게일, 너무 신경 쓰지 마. 아마 너에게 맞는 교복이 없었을 거야. 너한테 어떤 옷을 줄 수 있었겠어? 벌목꾼들이 입는 체크 무늬 청록색 블라우스?"

플린의 마음은 분노와 수치심으로 들끓었지만, 마담 플로레트가 이미 칠판을 아래로 내려 펼쳤기 때문에 이를 꽉 물고 참았다. 페그스는 플린에게 위로의 눈길을 보냈고, 카심은 가라비나가 멍청한 소리를 한다는 표시로 눈을 흘겼다.

"지난번에 어디까지 했는지 말해 줄 사람 있어요?"

마담 플로레트가 아이들을 둘러보며 소리쳤다.

첫째 줄에 앉아 있던 스투레 아노이가 손도 들지 않고 대답했다.

"조지 스티븐슨의 삶이요. 그가 월드 익스프레스를 만들었고, 그래서 발명한 게……."

"마법 공학이지요. 고마워요."

마담 플로레트가 그의 말을 자르며 분필을 쥐었다. 플린은 마담이 날개 세 개짜리 프로펠러가 들어 있는 원을 칠판에 재빠르게 그리는 모습을 흥미진진하게 바라봤다.

가라비나는 플린 뒤에서 수첩에 열심히 뭔가 끼적이고 있었다.

마담 플로레트의 날카로운 목소리가 퍼지는 가운데에도 만년필이 종이를 긁는 소리가 선명하게 들려왔다. 만년필이 조용한 걸로 보아, 가라비나가 글씨를 아름답게 쓰는 모양이었다.

"1831년, 조지 스티븐슨은 월드 익스프레스를 만들려면 새로운 마법이 필요하다는 사실을 알게 됐어요."

마담이 제일 아래에 있는 프로펠러 날개에 '옛날 마법'이라고 적어 넣었다. 분필이 슬레이트 칠판을 긁는 동안 플린은 페그스에게 몸을 기울이고 나지막하게 물었다.

"월요일 수업이 '영웅' 아니었어?"

플린이 보기에는 지금 이 순간 월드 익스프레스는 정신 나간 마법학교 같았다.

페그스는 시선을 앞으로 고정한 채로 머리를 살짝 끄덕이며 소곤거렸다.

"난 학기가 시작된 이후로 지금까지 내내 조지 스티븐슨에 대해 듣기를 기다리고 있어! 그는 천재였어. 이 기차를 만들었을 뿐만 아니라……."

페그스가 발로 양탄자 바닥을 가볍게 두드리고 말을 이었다.

"월드 익스프레스가 다른 기차들과 충돌하지 않게 설계했고, 또 우리가 각각 다른 나라에서 왔는데도 서로 말이 통하게 만들었어. 올바른 학생들을 어떻게 선택할지 정하고, 승객들은 이 기차를 못 보게……."

"이티겔 같은 사람이 이곳에 있지 않게 말이지요."

얼음처럼 차가운 목소리가 끼어들었다. 플린과 페그스는 고개를 들었다. 마담 플로레트가 플린 책상 바로 앞에 서서, 분필로 낡은 나무책상을 두드리며 불안한 소리를 냈다.

딱······ 딱······ 딱······ 딱······!

"어쩌면 나도 여기 어울리는 사람인지도 모르죠."

플린이 자기도 모르게 대꾸했다. 절망과 희망이 동시에 묻어나는 자기 목소리가 귀에 들렸다.

마담 플로레트는 플린의 말을 싸늘한 얼굴로 무시했다. 하지만 마담의 치켜든 턱과 찡그린 눈썹이 플린의 존재를 얼마나 불편해하는지 말해 줬다.

"하벨만."

마담이 입을 열었다.

"이티겔과 함께 바깥 승강단에 나가서, 15분 동안 대화 욕구를 해결해요. 이 수업의 '종료성'에 대해 대화하기를 추천합니다."

마담이 손뼉을 탁 치고, 칠판을 위로 접어서 플린과 페그스가 그 아래를 통과하여 바깥으로 나가게 했다.

"마담이 '중요성'에 대해 대화하라고 한 거지?"

플린이 바깥에서 소곤거렸다.

승강단에 서자마자 페그스는 보슬비 때문에 눈을 꾹 감았다가 차량 유리창으로 시선을 돌렸다.

"이 수업의 '종료성'."

페그스가 마담 플로레트의 말투를 흉내 냈다.

"흥! 하필 마담이 '영웅' 수업을 하다니 말도 안 돼. 마법 공학 말고 다른 것에 흥미를 가진 선생님이 수업을 한다면 학교에서 가장 **205**

재미있는 과목일 텐데. 난 마담 플로레트가 왜 '구리 성'이 아니라 월드 익스프레스에서 수업을 하는지 1월부터 내내 이상하게 생각했어."

무슨 말인지 모르겠단 플린의 표정을 보고 페그스가 덧붙였다.

"'구리 성'에서는 용접공 교육을 실시해. 마법 공학자들이지. 그 사람들은 우리가 사용하는 유리관 우편 시스템 같은 것을 하루 종일 만들어. 그런 거야 누구나 배울 수 있어. 마법은 사방에 존재해. 전기와 같은 거야."

페그스는 마법을 허공에서 낚아채려는 듯 양손을 들어올렸다.

"내가 이걸 아는 이유는, 마담 플로레트가 계속 말했기 때문이야. '영웅' 수업 시간에는 원래 '영웅'에 대한 이야기를 해야 하는데 말이지."

페그스가 코를 찌푸리며 말하고서는, 곡선 구간에서 강력한 돌풍이 몰아치자 다급하게 머리띠를 움켜쥐었다.

그 옆에 서 있던 플린은 눈처럼 하얀 페그스의 옆모습을 빤히 바라보다가 캐물었다.

"그러니까 월드 익스프레스를 창립한 스티븐슨이라는 사람이 용접공이었다는 말이야? 아마도 마법사일 거라고 생각했는데."

커다란 빗방울이 얼굴을 때리자 페그스가 또 코를 찌푸렸다.

"'마법에 뛰어난 사람'이었어."

페그스는 '마법사'란 단어가 파렴치하다는 말투로 대답했다.

"조지 스티븐슨은 용접공이 아직 없던 시대에 살았어. 마법에 뛰어난 마지막 인물이었지. 미래를 내다보고, 공간 이동을 하고, 원하는 건 무엇이든 할 수 있었다는 뜻이야. 손가락을 탁 튕기면 됐지."

그러고는 차갑고 눅눅한 바람을 피하려 바람을 등지고 섰다.

플린은 눈을 가늘게 뜨고 프랑스 경치를 바라봤다. 선로 옆에 넓은 강이 쏴쏴 소리를 내며 흘러가고, 멀리서는 황소 울타리 옆에서 야생말들이 풀을 뜯고 있었다.

플린은 한숨이 나왔다. 내가 조지 스티븐슨처럼 마법에 뛰어난 사람이 될 수 있다면 무슨 대가든 치를 텐데. 그럴 수 있다면 정말 결정적으로 특별한 사람이 될 게 아닌가. 마법 능력이 있다면 욘테 오빠를 찾는 것도 문제없을 테지.

차량 문이 다시 열렸을 때, 플린은 몸이 완전히 얼어버렸다. 하지만 마담이 두 사람을 다시 안으로 불러들이려고 문을 연 게 아니었다. 카심이 흥분해서 눈을 반짝이며 밖으로 나왔다.

"내가 마담에게 '송강장'이 아니라 '승강장'이라고 말했어."

그가 자랑스러움을 살짝 드러내는 목소리로 말을 이었다.

"그리고 '중소리'가 아닌 '종소리'라고 했고. 마담 플로레트가 아주 고마워하면서, 나더러 15분 동안 쉬어도 된다고 하더라. 이건 분명히 내 목록에 오를 거야."

카심은 그 목록이 뭔지 설명하지 않았다. 페그스는 플린에게 묻지 말라고 신호를 보냈다.

"넌 지금 이 상황을 진지하게 받아들이지 않는구나. 응?"

플린은 목록이 뭐냐고 묻는 대신 이렇게 말하고, 손을 셔츠 소매에 깊숙하게 집어넣었다.

카심이 미처 뭔가 대꾸하기 전에, 페그스가 플린에게 가까이 몸을 숙이고 속삭였다.

"카심은 성적이 엄청나게 나쁘거든."

"그게 뭐 어때서. 최소한 마담 플로레트가 마법 공학에 대해 말한 이야기는 뭐든지 그대로 반복할 수 있어!"

카심이 가볍게 대꾸하자, 페그스가 눈썹을 밝은색 머리카락 바로 아래까지 치켜세웠다.

"절대 하지 마."

페그스는 이 주제에 대해 더 깊이 얘기할 마음이 없어 보였다.

"우린 공작이지 용접공이 아니라고!"

하지만 카심은 이미 설명을 시작했다. 마치 지금 동화 속에 들어와 있다는 듯한 목소리로 사고 싶은 공학 수집품에 대해, 그리고 졸업생들 사진이 들어 있는 자동 사진틀에 대해 설명했다. 제대로 흥이 나서, 자기가 배운 것 전부를 쉴 새 없이 늘어놓았다. 플린은 카심이 자신의 지식을 총동원해서 페그스에게 잘 보이려고 한다는 느낌을 받았다.

"아, 그렇구나."

플린은 몇 번이고 이렇게 대답했지만, 사실 아무것도 몰랐다. 욘테가 월드 익스프레스에서의 삶을 포기했다는 걸 이해할 수 없었다. 마법과 금속 사이 어딘가에 있는 이 삶을.

욘테 오빠는 자기 의지와는 상관없이 기차에서 사라진 게 확실해. 마담 플로레트가 이 일에 대해 분명 더 많은 걸 알고 있을 거야. 하지만 전속력으로 달리던 기차 안에서 학생 한 명이 사라졌다는 걸 누가 인정하고 싶을까?

쉬는 시간 종소리가 기차를 울리자, 마담 플로레트는 세 사람을 다시 들어오게 했다. 플린은 얼음장 같은 손을 비비며 자리에 앉았다. 공작들 대부분은 차량에서 나갔고, 남아 있는 공작들은 독서용 전등의 흐릿한 불빛 아래에서 대화를 나누고 있었다.

플린은 칠판을 흘낏 쳐다봤다. 원 안에 있는 프로펠러 날개엔 수많은 설명이 쓰여 있었다.

마담 플로레트는 정말로 '영웅'보다는 마법 공학에 더 관심이 많은 듯했다. 플린은 사실 그게 정신 나간 과학자처럼 반듯한 꽁지머리에 가죽 안경을 머리 위로 올려 쓴 이 교사에게 더 잘 어울린다고 생각했다.

"애, 저걸로 더 많은 일을 할 수 있지 않아?"

플린이 페그스에게 물었다.

"무슨 말이야?"

블라인드를 들고 헝클어진 머리를 유리창에 비춰 보며 다듬던 페그스가 되물었다.

"마법 공학 말이야."

페그스는 블라인드를 다시 내리고 일부러 더 느긋하게 책상 서랍을 열었다. 플린은 스케치북과 작은 수채화 물감 한 병을 꺼내는 페그스를 바라보며, 이 주제에 대해 더는 말하고 싶지 않은 모양이라고 짐작했다.

"전기로도 전구 하나 켜는 것보다 더 많은 걸 할 수 있잖아."

플린은 고집스럽게 말을 이어갔다. 문득 마드리드에서 보았던 걸인이 떠올랐다.

"마법 공학으로 어쩌면 빈곤을 없애는 무언가를…… 또는 내가 욘테 오빠를 찾는 데 도움이 되는 뭔가를 만들 수 있을지도 몰라."

플린이 나지막하게 덧붙였다. 그게 무엇인지는 플린 자신도 몰랐다. 하기야 하루 이틀 전까지만 해도 마법 공학이라는 말 자체도 알지 못했다.

"조용히 해!"

페그스가 조심스럽게 주변을 둘러보았지만, 두 사람을 보는 사람은 아무도 없었다.

"내가 고차원적인 마법 공학에 대해서 말하면 안 된다고 이미 말했잖아."

플린이 이맛살을 찌푸리며 물었다.

"왜 안 돼?"

교사가 가르치는 내용을 —아주 초보적이긴 해도 어쨌든— 왜 말하면 안 되는지 이해할 수 없었다. 칠판에 분필로 쓴 내용은 복잡하긴 해도 유해하게 보이지는 않았다.

"우리 교육에 포함되지 않으니까 그렇겠지."

"위험하니까 그럴걸."

카심이 끼어들었다. 뒤에 있던 남자아이가 얼굴을 들자, 카심은 의자를 굴려 두 사람에게 다가와 나지막하게 덧붙였다.

"이런 소문이 있어. 몇 년 전에 힌리히 항크라는 남자아이가 지나친 행동을 했어. 항크는 원래 구리 성에서 용접공이 되려고 했는데, 월드 익스프레스 차표를 얻게 되어서 이곳에 온 거야. 그런데 마법 공학에서 손을 떼지 못한 게 문제였지. 하기야 뭐 이상한 일도 아니긴 해."

카심은 글씨가 잔뜩 쓰인 칠판을 가리켰다.

"마담 플로레트는 위험하지 않은 것만 우리에게 말해. 하지만 힌리히 항크는 규칙을 무시하고 남몰래 타임머신을 만들었지. '무해한 일'의 정반대였다고. 그 타임머신은 한밤중에 폭발했고, 사람들은 그를 다시는 못 봤어. 그때 이후로 '항크'는 손대지 말아야 할 것에 병적으로 집착하는 사람을 부르는 이름이 됐지."

'사람들은 그를 다시는 못 봤어.'

플린은 욘테 오빠의 웃는 얼굴이 불쑥 떠올라 소스라치게 놀랐다. 만약 오빠도 규칙을 무시했다면 어떻게 됐을까?

"그를 여기서 쫓아냈다는 뜻이야?"

플린이 푹 잠긴 목소리로 물었다.

"네가 지금 무슨 생각을 하는지 나도 알아."

카심이 말했다.

"하지만 네 오빠가 그런 일로 쫓겨났다면, 아마 비더부르스텔로 돌아갔겠지."

"바이덴보르스텔."

플린이 고쳐 말하자 카심은 바이덴보르스텔이 희귀한 병 이름이라도 된다는 듯이 대꾸했다.

"건강 조심!"

플린은 고개를 저으며 제대로 알려 줬다.

"아니, 동네 이름이 바이덴보르스텔이라고."

카심이 입꼬리를 씰룩거렸다.

"독버섯처럼 들리네."

플린은 한숨을 내쉬고, 페그스가 또다시 블라인드를 올리는 틈에 거칠고 넓은 산맥을 내다봤다.

"내 느낌도 사실 그래."

플린도 인정했다.

욘테가 그곳으로 돌아오지는 않았을 거라고 미처 대답하기도 전에, 옆에서 나지막한 목소리가 들려왔다.

"마법 공학은 이 세상을 근본적으로 바꿀 수 있지. 마담 플로레트가 1월에 우리에게 이미 경고했어. 플린, 그러니 그런 일은 멀리하는 게 좋을 거다."

플린이 눈을 들었다. 스투레 아노이가 책상 옆에 서서, 카심에게 비키라고 손짓했다. 그의 셔츠 소매도 카심 것만큼이나 빛바래 있었다. 둥근 얼굴과 부드러운 움직임을 보니, 어젯밤의 기억에 비해 그다지 위험해 보이지 않았다.

"하필 저 애가 그런 말을."

스투레가 그들 곁을 지나 교탁 바로 맞은편 자리에 앉자 카심이 중얼거렸다.

"가라비나와 스투레가 죽음의 광선을 이용해서 우리 모두를 파괴한다고 해도 이상한 일이 아니야. 저 둘은 지독한 항크일 뿐이지. 그 이상 아무것도 아니야."

플린은 등줄기가 서늘해져서 물었다.

"그게 가능해? 누군가를 파괴하는 게? 가라비나가 하려는 일이 그거라고 생각해? 마담 플로레트가 오래된 문서를 주고 시킨 일이 말이야."

플린은 마법 공학이 일으킬 만한 위험이 무엇인지 구체적으로 몰랐지만, 스투레의 진지한 얼굴로 볼 때 그런 게 존재한다는 것만은 알 수 있었다.

페그스가 손을 내저었다.

"그래서 가라비나가 얻는 게 뭔데? 가라비나는 그냥 멍청한 수다쟁이일 뿐, 엄청난 사기꾼은 아니야."

"하지만 가라비나가 마담 플로레트 신발 굽을 갈아 오는 일을 맡지는 않았을 거야."

카심이 눈을 깜박이며 반박했다.

종소리가 다시 기차를 울렸다. 굽이 높은 펌프스를 신은 마담 플로레트가 돌아와, 남은 수업 시간 내내 조지 스티븐슨의 은퇴 이후 생활에 관한 지루한 내용만 잔뜩 늘어놓았다.

오전은 인생을 세 번쯤 산 것만큼 길게 느껴졌다. 플린은 오전이 지나고 점심 식사를 하자마자 페도르의 손전등을 꼭 움켜쥐고 석탄 창고로 향했다. 반짝이는 넓은 유리창으로 부드러운 햇살이 비쳐 손전등을 켜지는 않았지만, 플린은 어젯밤의 일에 대해 페도르에게 말을 걸 생각을 하며 꼭 움켜쥐고 있었다.

기차 앞쪽을 향해 갈수록 유리창이 점점 작아지고 문은 낡았으며, 바닥재도 많이 닳은 상태였다. 기관차 뒤쪽 이 차량들에서 익스프레스 생활에 필요한 모든 일이 이루어졌다. 석탄을 저장하고 의자를 고치고, 산더미 같은 빨래를 하고 솥에 음식을 요리했다. 플린은 이곳이 기차의 다른 어느 곳보다 더 편했고 이곳에 오면 환영받는 느낌이었지만, 페그스라면 이곳의 온갖 먼지와 검소한 설비에 대해 뭐라고 말할지 짐작할 만했다.

주방 바로 뒤쪽에는 컬리가 사용하는 관리인 차량이 있었다. 기묘하게 생기고 이상한 소리를 내는 도구들로 가득한 공구함이 사방에 널려 있었다. 플린의 머리에서 50센티미터쯤 위엔 빨랫줄이 공간을 가로세로로 나누며 지나갔다. 수없이 많은 평범한 교복들 사이에 놓여 있는 가라비나의 카발리 블라우스가 눈에 들어왔다. 여전히 지저분한 그 블라우스를 보니 플린은 자기도 모르게 히죽 웃음이 나왔다. 수업 시간에는 가라비나가 플린을 일단 이긴 것처럼 보였을지는 몰라도, 그 지저분한 블라우스로 보자면 플린이 승자였다.

플린은 수하물 차량에 가득한 여행 가방들을 헤치며 길을 내고 지나가, 창고 차량 문에 기대섰다. 심장이 너무 심하게 뛰는 바람에 정신이 산만했다. 페도르와 어젯밤에 대해서가 아니라 차표에 대해 이야기를 하고 싶었다. 오빠의 차표 이야기를!

플린은 페도르가 너무 바쁘지 않기를 바랐다. 다행히도 그는 해먹에 누워 쉬면서 책을 읽는 중이었다. 먼지와 땀에 젖어 머리카락이 뻣뻣했고, 얼굴에는 새까만 석탄 얼룩이 묻어 있었다. 유리창으로 줄지어 들어오는 빛이 피곤한 그의 얼굴을 비췄다.

"점점 더 높아지고 있어."

플린이 가까이 다가가자, 페도르가 검댕이 묻은 유리창 뒤편으로 펼쳐지는 알프스 풍경을 가리키며 말했다. 저 멀리 몽블랑산이 우뚝 솟아 있고, 그 위에 아주 낮게 걸린 구름은 눈 덮인 산꼭대기와 하나처럼 보였다.

"석탄을 많이 삽질해서 넣어야 해."

페도르가 책으로 다시 눈길을 돌렸다. 플린은 그가 어젯밤의 일로 지금도 여전히 기분이 나쁜지 궁금했다. 손전등을 선반에 놓고, 페도르의 말에는 대답하지 않은 채 말을 걸었다.

"안녕, 어젯밤에 욘테 오빠 차표를 찾아봤는데 없더라."

그러고는 어깨를 으쓱하고 덧붙였다.

"흔적이 전혀 없었어."

"전혀 없었다고?"

페도르가 책을 내렸다. 놀란 표정이었다.

플린이 고개를 끄덕였다.

"너희들, 정말로 차표 전부를 불빛에 비춰 봤어?"

"당연하지."

플린이 큰 소리로 대꾸했다. 그러고는 페도르가 인상을 찌푸리는 것으로 보아, 자기가 또 공작처럼 말한 모양이라고 짐작하고는 한숨을 내쉬었다.

"어젯밤에 일이 그렇게 되어버려서 미안. 하지만 공작들이랑 싸우지 말았어야지. 그러지 않아도 너……."

"……결투. 그래, 알아."

페도르가 지저분한 머리카락을 쓸었다.

"2학년 올리버 스툽스에게 심판을 봐줄 수 있는지 물어봤어. 잘 215

본다는 소문을 들었거든. 그런데 그냥 멍청하게 히죽거리기만 하더라. 그래서 긍정하는 거라고 해석했지. 그 아이는 원래 히죽거리는 표정 말고는 없으니까."

플린은 뭐라고 대답해야 할지 알 수 없었다. 바보 같은 결투 이야기가 아니라, 페도르의 차표 얘길 하려던 거였다. 하지만 석탄 소년으로서의 삶을 당연하게 받아들이는 그의 모습을 보니 말이 나오지 않았다. 그래서 입술을 깨물었다가 말했다.

"결투할 때 내 도움이 필요하다면 도와줄게. 응?"

페도르가 눈길을 들었다. 그러고는 자기가 지금 공작이 아닌 플린과 이야기하는 중이라는 걸 불현듯 깨달았다는 듯이 자리에서 일어서더니, '파란 잉크병'이라고 쓰인 달그락대는 상자를 플린 앞으로 밀었다.

"고마워."

플린은 그와 최대한 거리를 두고 떨어져 상자에 걸터앉았다. 너무 가까이 앉으면 정신을 집중할 수 없을 것 같았다.

"어떻게 할까?"

"뭘?"

페도르가 되물으며 몸을 앞으로 숙였다.

플린은 짜증이 났다.

"너를 어떻게 도우면 되지?"

"아."

그가 어깨를 으쓱하고 한숨을 내쉬며 몸을 다시 뒤로 젖혔다.

"네가 내 죽음을 걸고 내기하지 않으면 돼."

플린은 그를 빤히 바라봤다. 차량 앞쪽, 바깥에서 기관차의 날카로운 기적이 들려왔다. 연기가 뭉게뭉게 유리창을 지나며 기차 안쪽을 어둡게 만들었다.

"공작들은 이따금 내기를 해."

페도르가 구역질난다는 표정으로 설명을 이어 갔다.

"누가 지붕에서 떨어지나 내기하는 거야. 사람이 떨어졌다! 다리가 부러졌다! 팔이 산산조각 났다! 그걸 보고 재미있다고 생각하는 거지."

플린은 누군가 정말로 그런 행동을 한다는 걸 믿을 수 없어서 심각한 표정으로 물었다.

"페도르, 결투가 정확하게 뭐야?"

페도르는 플린을 얼마나 믿어야 하는지 모르겠다는 표정으로 빤히 바라봤다. 그러고는 한숨을 내쉬며 턱을 쓸다가 물었다.

"파쿠르에 대해 들어본 적 있어?"

플린은 어안이 벙벙했다.

"그 새로운 운동 종목 말이야? 달리고 뛰어오르고 그러는 거?"

"그렇게 말하니 너무 지루하게 들린다."

페도르가 비난하듯 대답했다.

"전혀 지루하지 않아. 효율적으로 이동하는 기술이지!"

플린은 놀라서 눈썹을 치켜세우며 말했다.

"사전을 인용한 말처럼 들리네."

그가 고개를 끄덕이고 말을 이었다.

"중간에 책상이나 책장이 가로막든 말든, 차량 24대를 가장 빨리 통과하려면 사실 파쿠르는 위험하기도 해. 차량 연결 발판과 무거운 문들도 계산해야 하지. 파쿠르가 금지된 건 다 이유가 있어서야. 학교 규칙에 쓰여 있어. 밖에서 차량에 매달려서 움직이는 아이들도 많아."

페도르는 둘밖에 없는데도 목소리를 낮추고는 플린 쪽으로 몸을 숙였다.

"몇 년 전에 어떤 아이가 지붕 위에서 달리려고 했어. 지붕 위로 몸을 끌어올릴 때, 나뭇가지가 그 애를 붙잡지 않았더라면 그럴 수 있었을 텐데."

플린은 배가 꼬이는 느낌이었다.

"너도 그런 일을 당한다면?"

플린의 질문에 페도르는 몸을 뒤로 젖혔다.

"여기서 일한 이래로 나는 진 적이 없어."

그러고 덧붙여 말했다.

"그동안 내게 도전해 오는 아이들이 좀 적었지. 그래서 지금 훈련이 좀 안 되어 있는 상태야."

플린은 그를 도와야겠다고 굳게 결심하고 일어났다.

"그럼 대결하기 전에 훈련해야지. 어떻게 시작하는 거야?"

페도르의 눈에서 무수히 많은 금빛 광점이 반짝였다. 플린이 아주 매력적이라고 생각하는 그 점들이.

"내가 이길 거라고 믿는다는 뜻이야?"

"아니."

218 플린은 자기가 앉아 있던 상자를 옆으로 밀었다.

"네가 지붕에서 떨어져 목이 부러질 거라고 믿어. 이 대결은 너무나도 멍청한 짓이야. 그러니 그런 일이 벌어지지 않게 네가 훈련할 때 옆에서 도와야지."

페도르는 분노와 감동이 동시에 묻어나는 표정으로 플린을 바라봤다.

유리창 틈새로 잿빛 안개 같은 연기가 차량 안으로 스며들었다. 플린은 연기 냄새를 맡으며 잠깐 눈을 감았다. 어쩌면 나는 정말 공작들과는 어울리지 않는지도 몰라. 이곳에 더 어울리지. 연기가 나는 곳에.

"자, 그럼."

페도르가 바지에 양손을 털었다.

플린이 눈을 떴다. 플린은 뭘 해야 할지 이미 안다는 듯 말했지만, 사실은 욘테 오빠가 사라진 이후 처음으로 편안한 느낌을 주었던 사람을 잃을까 봐 그저 겁이 나기만 했다.

- 2부에 계속

월드 익스프레스의 규칙들

모든 학년 공작들에게 적용
조지 스티븐슨이 제정

1. 차량 안에서나 연결 발판에서 달리거나 껑충 뛰거나 다른 사람을 밀치지 말 것.

2. 취침 시간인 22시부터 6시까지는 침대차에서 나오지 말 것.

3. 기차 내부 정보를 승객에게 전하지 말 것.

4. 전기로 작동하는 기계를 사용하지 말 것.

5. 이른바 마지막 차량이라고 불리는 곳에 출입하지 말 것.

6. 허락 없이 마법 공학적 발명품에 손대지 말 것.

7. 기차에 무임승차하지 말 것.

8. 특별 허가가 없는 한 지붕에 올라가지 말 것.

9. 허락 없이 주방과 창고에 출입하지 말 것.

10. 기관차에 출입하지 말 것.

11. 습득물은 관리인에게 제출할 것.

12. 수업 방해 금지. 수업 시간에 지각하거나 화장실 가는 것 금지. 잠자는 것도 금지. 혹시 잔다면 최소한 코는 골지 말 것.

13. 자습 시간에는 침묵할 것.

14. 수업 시간과 자습 시간, 금요일 저녁과 특별한 계기가 있을 때는 교복을 입을 것.

15. 학생 동아리 가입. 특히 스티븐슨 동아리 가입 여부는 교장이 결정함.

16. 기차 외부 사람과의 소통은 전보와 편지로만 가능함.

17. 기차 내부에서 훌륭한 예의범절은 의무임.

18. 기차 외부에서의 행동거지 역시 기차 내부에서와 같이 유념할 것.

19. 팔과 머리, 다리를 창문이나 문, 난간 너머로 뻗어서는 안 됨. 난간 아래로 뻗는 것도 금지.

20. 모든 결정은 종류 여하를 불문하고 승객들과 세상의 안전을 위해 내려져야 함.

21. 중대한 규칙 위반은 국제 익스프레스 본부에서 해명해야 함.

월드 익스프레스의 규칙들

F. 플로레트가 보완함

22. 파쿠르 대결 금지.

23. 내기, 특히 파쿠르 대결과 관련된 내기 금지.

24. 손전등 또는 밤에 돌아다니는 데 도움이 되는 모든 물건 소지 금지.

25. 수업 시간 또는 자습 시간에 속삭이는 만년필이나 그 외 생각을 도와주는 다른 도구들 사용 금지.

26. 모든 록밴드 팬 셔츠는 입지 말 것.

27. 유리창 바깥으로 오줌 누는 것 금지. 특히 전속력으로 달릴 때는 더더욱 금지.

28. 시간표에 따른 정차 후, 월드 익스프레스는 언제나 정각 12시에 다시 출발함. 기차에 타지 못한 학생들은 이 일로 자신에게 발생하는 모든 불행에 스스로 책임을 져야 함.

29. 카페 음료는 카페 또는 식당차에서 마셔야 함.

30. 도서관 책들은 저녁에 원래 있던 도서관 차량 책장에 가져다 놓을 것.

월드 익스프레스의 규칙들

F. 플로레트가 다시 보완함

31. 자연스럽지 않은 색깔로 머리카락을 염색하는 행위 금지.
    특히 파란색 금지.

32. 자정 이후에 생강 스나프 섭취 금지.

DER WELTEN-EXPRESS, vol.1
by Anca Sturm, cover illustration and vignettes by Bente Schlick
© 2018 CARLSEN Verlag GmbH, Hamburg, Germany
All Rights Reserved Korean translation ©2020 by YellowPig
Korean translation rights arranged with CARLSEN Verlag
through Orange Agency

초록서재 청소년 문고

움직이는 기차 학교 · 1부

초판 1쇄 2020년 10월 30일 | 글쓴이 앙카 슈투름 | 옮긴이 전은경 | 펴낸이 황정임
초록서재 (도서출판 노란돼지) | 경기도 파주시 문발로 115(파주출판문화정보산업단지), 307 (우)10881
전화 (031)942-5379 | 팩스 (031)942-5378 | 등록번호 제406-2015-000137호 | 등록일자 2015년 11월 5일
편집 김성은, 박예슬 | 디자인 유고운, 이재민 | 마케팅 양경희 | 경영지원 손향숙 | 교정·교열 김남희

도서출판 노란돼지는 독자 여러분의 의견을 기다립니다. yellowpig.co.kr
ISBN 979-11-957187-7-1 44850 | ISBN 979-11-957187-6-4 (세트)
ⓒ초록서재(도서출판 노란돼지)

이 도서의 국립중앙도서관 출판시도서목록(CIP)은
e-CIP 홈페이지(http://www.nl.go.kr/ecip)에서 이용하실 수 있습니다.
(CIP제어번호: CIP2020037636) 값은 표지 뒷면에 있습니다.

이 책에 쓰인 글꼴(폰트)은 '국립박물관문화재단클래식' 서체입니다.

독일에서 출간된 《DER WELTEN-EXPRESS》 vol.1을 한국어판에서는 두 권으로 나누어 출간하였습니다.